U0041976

博士熱愛的算式

博士の
愛した数式

小川洋子

王蘊潔＝譯

1

我和兒子都叫他博士。博士則叫我兒子「根號」，因爲兒子的頭頂平坦得像根號。

「哇，裡面應該裝了一個聰明的腦袋。」

博士摸著兒子的頭說道，絲毫沒發現把兒子的頭髮都弄亂了。兒子充滿警戒地縮著脖子，他不喜歡同學拿這件事和他開玩笑，所以平時整天戴著帽子。

「只要使用根號，就能給無窮的數字、肉眼看不到的數字一個明確的身分。」

博士以指尖在積滿灰塵的書桌一角寫了一個根號。

√

博士教過我和兒子數不清的事，在這些數不清的事當中，根號的地位是無可取代的。博士深信這個世界的一切都能以數字的語言來表達，聽到我用「數不清」來形容，他可能會不高興。不然，該怎麼說呢？雖然，他曾經告訴我們，在金氏紀錄中記錄著十萬位元數的巨大質數；也曾經教過我們在數學證明中曾經使用過的最大數字，或是超越無限的數學概念，然而，我們和博士共度的時光是那麼充實，以致動員所有所有的數字，都無法與之相提並論。

那天，我們三個人一起，試算把數字裝進根號裡，會變出怎樣的魔術，當時那一幕至今依然歷歷在目。那是時序剛進入四月不久，一個雨天的傍晚。昏暗的書房點著白熾燈，兒子的書包隨意丟在地毯上，窗外，杏花被雨淋得渾身濕透。

無論何時，無論怎樣的場合，博士向我們尋求的並非正確答案而已。他不喜歡我們一言不發、陷入沉默，卻很樂於看到我們在苦思冥想之際犯下出奇不意的失誤；如果能夠因此激發出隱藏在問題背後的新問題，更令他樂不可支。他對正確的失誤有一種獨到的品味，即使我們絞盡腦汁都想不出正確答案，他也能讓我們產生自信。

「現在，把-1放進去試看看。」

博士說道。

「只要把相同的數字乘兩次，變成-1的話就行了吧？」

兒子剛在學校學了分數，聽了博士三十分鐘不到的說明，接受了「還有數字比零更小」的事實。我們的腦海裡浮現出$\sqrt{-1}$的身影。$\sqrt{100}$是10，$\sqrt{16}$是4，$\sqrt{1}$還是1，所以，$\sqrt{-1}$……

博士絕對不會催促我們，他最喜歡看我和兒子陷入沉思的樣子。

「應該沒有這樣的數字吧。」我戰戰兢兢說道。

「不，在這裡。」

他指著自己的胸口。

「這是個很拘謹、謹慎的數字，不會現身，卻在我們的心裡，用一雙小手支撐著這個世界。」

我們再度陷入沉默，想像在某個遙遠的、不知名的地方，-1的平方根拚命張開雙手的樣子。雨聲淅瀝。兒子摸了摸自己的頭，彷彿想要再度確認根號到底長什麼樣子。

博士並非只會教別人而已。遇到自己不知道的事，他總是十分謙虛，拘謹的態度絲毫不亞於-1平方根。博士叫我的時候，每次都會說：

「對不起，打擾一下，你……」

即使只是希望我幫他把烤箱的計時器設定在三分半的位置，他也從來不忘記加上一句「對不起，打擾一下」。當我轉動計時器，他就會伸長脖子，一直盯著烤箱看，直到麵包烤好爲止。他出神地看著麵包，彷彿這件事實具有和畢達哥拉斯定理相同的價值。

曙光管家介紹所是在一九九二年三月首次將我派到博士那裡。在面向瀨戶內海的這個小城鎮，我雖然是在介紹所登記的管家中最年輕的，但我已經有十年的資歷。這十年期間，無論遇到怎樣的雇主，我都能圓滿完成工作，況且，我自認爲是家事高手。即使遇到其他人敬而遠之的顧客，我也不曾向介紹所所長吐過一句怨言。

一看到博士的顧客卡，我就知道他是個「拗客」。每當顧客對管家不滿意，要求換新的管家，就會在顧客卡背面蓋一個藍色的星星印章。博士的卡上蓋了九個印章，是我所見過的最高紀錄。

去博士家面試時，接待我的是一位舉止優雅的瘦弱老婦人。染成栗子色的頭髮盤在頭上，身穿針織洋裝，左手拄著一根黑色枴杖。

「需要照顧的是叔子。」

即使聽了她的介紹，我仍然搞不清博士和老婦人到底是什麼關係。

「每個人都做不久，搞得我和叔子煩死了。每次新人來，一切又要從頭來過，麻煩得要命。」

我終於瞭解她說的叔子是指她的小叔。

「要做的事很簡單。星期一到星期五，上午十一點來這裡，照顧叔子吃完午餐後，把房間整理一下，再去買菜，做好晚飯後，晚上七點就可以回家了。就只有這樣而已。」

她說起「叔子」的時候，感覺有一絲絲的惆悵。她的言行舉止很穩重，左手卻心神不寧地把玩枴杖；雖然很謹慎地避免和我的視線相遇，卻不時以充滿警戒的眼神打量我。

「詳細的規定在交給介紹所的契約書上寫得很清楚了。總之，只要能夠讓叔子過普通人一樣正常的生活，我就沒有任何意見。」

「您的小叔現在在哪裡？」

當我這樣問，老婦人舉起枴杖，指著位在後院一角的偏屋。一排整齊的圓木籬笆後方，透過茂密的綠意，隱隱約約看到磚紅色的瓦片屋頂。

「你不要在主屋和偏屋之間跑來跑去。你的工作地點是叔子那裡。偏屋專用的玄關在靠北邊的馬路旁，你可以從那裡進出。叔子的問題也請你在那裡解決。沒問題吧？請你務必遵守這一點。」

老婦人以枴杖用力頓了一下地板。

相較於前任雇主的無理要求，諸如：每天要用不同的絲帶綁住及肩的頭髮；茶的溫度要不熱不冷，剛剛好七十五度；看到金星升起，必須雙手合掌膜拜……我覺得這些要求並不困難。

「我是否可以見一見您的小叔？」

「沒必要。」

她毅然拒絕，好像我提出了什麼非分的要求。

「即使今天見了你，到明天他就忘記了。所以，沒有必要見。」

「您的意思是……」

「說明白一點，就是他的記憶有問題。但並不是痴呆，整體來說，他的腦細胞功能很正常，只是，在十七年前，有一小部分發生了問題，喪失了記憶能力。他出了車禍，撞到頭部。所以，叔子的記憶只到一九七五年爲止。在那之後，即使想要累積新的記憶也徒勞無功。雖然他記得三十年前自己發現的定理，卻記不住昨天晚上吃了什麼。簡單說，他的頭腦只能容納一支八十分鐘的錄影帶。只要錄新的內容，以前的記憶就會不斷洗掉。叔子的記憶只有八十分鐘。不多不少，剛好是一小時二十分鐘。」

老婦人漠無表情，侃侃而談，相同的內容可能已經說過無數次吧？

很難具體想像八十分鐘的記憶到底是怎麼回事。雖然我照顧過不少病人，但我不知道這些經驗到底能派上什麼用場。我情不自禁地想起顧客卡上一整排的藍色星星印章，但可能爲時太晚。

從主屋望過去，偏屋靜悄悄的，不像有人住的樣子。圓木籬笆上有一道古色古香的門通往偏屋。仔細一看，門上有一道堅固的鎖，鎖上鏽跡斑斑，黏著鳥糞，想必任何鑰匙都打不開這把鎖。

「那，就從後天，星期一開始，沒問題吧？」

她的語氣很堅定，似乎不容我有時間多加揣測。就這樣，我成爲博士的管家。

與豪華的主屋相比，偏屋顯得簡陋又破舊。這幢無趣簡陋的平房似乎很無奈地躲在角落，周圍的樹木不曾有修剪的痕跡，隨心所欲自我擴張，似乎刻意想要掩飾這份無奈。玄關的光線不足，門鈴也壞了，怎麼按都沒有聲音。

「你穿幾號鞋子？」

聽到我自報是新來的管家，博士的第一個問題不是問我的名字，而是我鞋子的尺寸。既不問候，也不點頭打招呼。身爲管家，無論任何情況也不能用問題回答雇主的問題；基於管家守則這項規定，我如實回答了博士的問題。

「24號。」

「哇，多純潔的數字，是4的階乘。」

博士抱著雙臂，閉上眼睛。一陣長長的沉默。

「4的階乘是什麼？」

我不禁發問。雖然我不瞭解其中的原因，但既然對雇主來說，鞋子的尺寸那麼重要，我覺得應該多聊一下這個話題。

「把1到4的所有正整數相乘，就等於24。」

博士閉著眼睛答道。

「你家的電話幾號？」

「576－1455。」

「5761455嗎？眞了不起。這是1億以下的質數總數。」

博士點著頭，滿臉佩服的樣子。

雖然我不理解自己的電話號碼到底有多了不起，卻體會到他語氣中充滿了溫馨。他並非炫耀自己的博學，相反的，我感受到他的謹愼和率眞。那份溫馨幾乎讓我陷入一種錯覺，覺得我的號碼隱藏著某種特殊的命運，而當我擁有這些號碼，或許也因此有了特殊的命運。

當管家一段時間後，我漸漸了解，博士不知道該說些什麼時，就會拿出數字來代替言語，他用這獨特的方法和別人交流。數字既相當於和對方握手時的右手，同時也是保護自己的大衣。這件厚重的大衣讓人無法觸及他的身體，也沒有一個人能夠爲他脫下這件大衣。只要穿上這件大衣，他至少能夠保留自己的空間。

每天清晨，我們都在玄關展開數字的對話，直到我辭去管家一職。對只擁有八十分鐘記憶的博士而言，每天出現在玄關的我永遠是初次見面的管家。因此，他總是一絲不苟展現出對待陌生人應有的客套。除了鞋子的尺寸和電話號碼以外，他還問我郵遞區號、腳踏車牌照號碼、名字的筆劃等數字，也毫無例外一一賦予這些數字特定的意義。我從來不曾覺得他得費力思考這些數字的意義，而是隨口就說出階乘或是質數之類的名稱。

博士慢慢向我說明階乘和質數的含意後，我仍然以一種全新的心情享受在玄關上演的這種問答。親耳聽到自己的電話號碼除了能夠接通電話，還具有其他意義，並感受這種意義的與眾不同，就能放心開始一天的工作。

博士六十四歲，以前在大學教數論。但他的外表比實際年齡更加憔悴，嚴重的駝背讓他原本只有一百六十公分的身高看起來更矮，瘦骨嶙峋的脖頸皺紋之間堆積體垢，蓬亂的白髮兀自朝喜歡的方向生長，把有大耳垂的耳朵遮住了一大半。他的聲音無力，動作緩慢，無論做什麼事都要花上我原本預計的兩倍時間。

然而，撇開這些龍鍾老態後仔細觀察，不難發現他曾經帥氣的容貌。至少，他還保留足以證明他曾經是個美男子的風采。俐落的下顎線條，輪廓很深的臉龐依稀看到令人心動的影子。

無論在家或是百年難得一次的外出，博士每天都穿著西裝、打好領帶。三套西裝，冬季、夏季和春秋季合穿西裝各一套；三條領帶；六件襯衫；一件不是數字做的而是羊毛製的眞正大衣，是他衣櫥中所有的行頭。連一件毛衣或一條棉質長褲都沒有。對管家來說，是很容易整理的衣櫥。

可能他並不知道這個世界上除了西裝以外還有其他衣服。他對別人的穿著打扮毫無興趣，也可能認爲把時間花在打點自己的外表上太浪費了。早晨起床後，打開衣櫥，穿上沒有乾洗店的塑膠袋套著的西裝，對他來說就足夠了。三套西裝都是深色，舊得垮了下來，和博士給人的感覺很搭配，甚至已經成爲他皮膚的一部分。

博士的衣著有個最讓我搞不懂的問題，他的西裝上到處是用夾子夾著的紙條。領口、袖口、口袋、上衣下襬、褲子皮帶、鈕釦洞上，想得到的地方都夾著紙條。太多夾子拉扯西裝布料，整件衣服變了形。有些是隨意撕下的紙片；也有些已經泛黃，幾乎要磨破了。每張紙上都寫了一些字，要湊得很近，瞪大眼睛，才能看清楚到底寫了些什麼。雖然我知道他應該記了一些不可以忘記的事來彌補容量只有八十分鐘的記憶，又怕自己忘記這些紙放到哪裡去、只好別在自己身上，但要接受他這樣的裝扮，比回答鞋子尺寸的問題困難多了。

「先進來再說吧，我還有事要忙，沒辦法招呼你，你自己找事做吧。」

博士讓我進屋後，就直接走進書房。博士每走一步，紙條就相互摩擦，發出沙、沙、沙的聲音。

根據以前被開除的九位管家的說法，我逐漸拼湊出以下情報。聽說住在主屋的老婦人是寡婦，她過世的先生是博士的兄長。雖然父母早逝，但博士之所以能夠去英國的劍橋大學留學專攻數學，都是他的兄長苦心經營父母留下的紡織工廠，幫小了一輪的弟弟支付了所有學費。當他取得博士學位（他眞的是博士），也在大學的數學研究所找到一份工作，終於能夠自力更生，兄長卻死於急性肝炎，留下寡婦一人。寡婦沒有孩子，就把工廠收起來，在那塊土地上建了公寓，開始靠收房租生活。但博士在四十七歲遇上一場交通意外，完全改變了他們各自安定的生活。對向車道上一輛卡車因爲司機打瞌睡而撞上了博士的車，他的腦部受到了無可挽回的創傷，他也因此失去了研究所的工作。之後，除了解答數學雜誌的懸賞問題賺一些微薄的獎金，完全沒有其他收入，也沒結婚，直至六十四歲的今日都只能靠寡婦的資助生活。

「都是那個怪胎小叔子像米蟲一樣黏著她，耗盡了她老公留下來的遺產，那位寡婦眞是可憐。」

受不了博士的數字攻擊而拉高分貝，結果只做了一星期就被開除的前任管家說得咬牙切齒。

偏屋的內部也和外表一樣寒酸。只有廚房兼飯廳、書房兼臥室兩間房，了無生趣的感覺反而讓人忘記了空間的狹小。每件家具都是便宜貨，壁紙早已變了色，走廊地板會發出討厭的吱吱聲。不止門鈴，東西不是壞了，就是快要壞了。廁所的透氣窗有一道裂縫，後門的門把鬆脫，放在碗櫥上的收音機無論再怎麼轉開關也發不出任何聲音。

剛開始的兩星期我對每一件事都不知所措，每天累得筋疲力竭。雖然沒做什麼體力勞動，但渾身肌肉僵硬，身體感覺特別沉重。無論去哪一戶人家做工作節奏之前總是比較累一點，但博士家的情況特別嚴重。通常在雇主指示要做這個、不能做那個的過程中，就能掌握他們的性格以及對工作的要求，也知道該怎麼分配自己的集中力，如何避免摩擦。但博士從來沒下過任何一個命令，他幾乎無視我的存在，好像他最希望我什麼都別做。

按照主屋寡婦的吩咐，我想應該要做午飯。我打開冰箱，翻遍廚房的櫥櫃，除了一盒受潮的燕麥片和有效期限過了四年的義大利麵以外，完全沒有任何食物。

我敲了敲書房的門。沒有應答。我又敲了一次。還是毫無反應。雖然我知道很沒有禮貌，但還是打開書房門，朝著面對書桌的博士背影打了聲招呼。

「抱歉打擾您一下。」

博士文風不動。我想可能是他有點耳背，或是塞著耳塞，於是，我走到博士身旁。

「您中午要吃什麼？如果您有什麼特別喜歡或不喜歡的，或是會過敏的食物，麻煩您告訴我，好嗎？」

書房充滿紙的味道。可能是不通風的關係，這種味道聚在房間的角落。書櫃遮住了一半的窗戶，無法擠進書架的書堆成一座座小山，靠牆的床墊嚴重磨損。書桌上只擺著一本筆記本，沒有電腦，博士手上也沒有筆，只是看著空中的某一點出了神。

「如果您沒有特別的要求，我就自己去準備了，可以嗎？您不要客氣，儘管吩咐。」

我看到幾張別在他身上的紙條，「……解析方法的失敗……」、「……希爾伯特（譯注：David Hilbert, 1862-1943年：德國數學家）第13題的……」、「……橢圓曲線的解……」。在一堆搞不清楚到底是什麼意思的數字、記號或不完整的隻字片言中，只有一張我看得懂的紙條，沾滿了污漬，四角翹了起來，夾子已經生鏽，不難看出已經在博士身上夾了漫長的歲月。上面寫著：

我的記憶容量只有80分鐘

「我沒什麼好說的。」

博士突然轉過頭來大聲說：「我正在思考。打斷我的思考，比掐我的脖子還痛苦。我和數字相愛的時候，你這樣魯莽闖進來，比偷看人家上廁所更沒禮貌。」

我垂著頭連聲道歉，但他沒有再說一個字，又再度望著空中的某一點出了神。

第一天上工，什麼都還沒做就挨了一頓罵，對我是個很大的打擊。我暗自希望自己不要成爲第十顆星星，並牢記在心：博士正在「思考」的時候，無論發生再嚴重的事都不能打擾他。

但博士一整天都在思考。即使偶爾走出書房，坐在飯桌旁，或是在洗臉台漱口，也或者是爲了放鬆身體而做一些奇怪的體操時，都無時無刻不在思考。他只是機械地將放在眼前的餐點送入口中，也沒有好好咬幾下就吞下了肚子，走起路來也輕飄飄的。即使我不知道水桶放在哪裡，或是熱水器要怎麼用，也不敢問他。我小心翼翼避免發出任何聲響，甚至怕自己的呼吸聲打擾他，在陌生的房子裡轉來轉去，等待他頭腦休息的片刻。

那天剛好是我做滿兩週的星期五。傍晚六點，博士一如往常坐在飯桌旁。由於博士幾乎都是在無意識的狀態吃飯，所以我覺得需要去骨或剝殼的料理可能不太適合，就做了奶油燉菜。只要一根湯匙，就能同時吃到蔬菜和蛋白質。

可能是父母早逝的關係，博士的吃相實在讓人無法恭維。我從來沒聽他說過「我先吃了」；每吃一口菜就掉在桌上；也會以用過的、揉成一團的面紙挖耳朵。雖然他對我做的菜沒有半句怨言，但從來沒想過和一旁的我說說話。

我不經意看到他的袖口上夾著一張昨天還沒有的新紙條。每當他將湯匙伸入碗中，紙條就差點要淹入奶油燉菜。

新的管家

字寫得又小又柔弱。後面還畫了一個女人的臉：短髮、圓臉，嘴唇旁有一顆痣。雖然有點像幼稚園小孩畫的，但我立刻知道畫的是我。

聽著博士吃奶油燉菜的聲音，我不禁想像在我回家後，他趁著記憶還沒有消失，匆匆畫我的臉的樣子。這張紙條證明了他爲了我中斷他寶貴的思考時間。

「要不要再添一點？我煮了很多，想吃多少都可以。」

我一時大意，用很熱情的聲音問他。他打了一個飽嗝，不知道算不算是回答了我的問題，甚至沒有抬頭看我一眼，便消失在書房裡。奶油燉菜的盤子上，只剩下胡蘿蔔。

隔了一個週末後的星期一，我像往常一樣報上自己的身分，指了指他袖口上的紙條。博士看看他的畫，又看看我的臉，沉默片刻，似乎回想紙條的意思，然後就發出「嗯，嗯」的聲音，開始問我鞋子的尺寸和電話號碼。

我立刻感覺到氣氛和上週末有點不太一樣。因爲，博士交給我一大疊寫滿算式的紙，要我寄去《JOURNAL of MATHEMATICS》雜誌社。

「那個，打擾你一下……」

他的態度十分謙和，和那天在書房發脾氣時簡直判若兩人。這是他對我提出的第一個要求。他的頭腦現在沒有在「思考」。

「沒問題。」

雖然我連怎麼讀都不知道，還是一個字母、一個字母抄在信封上，寫上「懸賞問題負責人　收」，貼上郵票，一路跑去郵局。

博士不思考時，大多躺在飯廳窗邊的安樂椅上，我終於能夠打掃書房了。我將窗戶大開，把被子和枕頭拿去院子曬太陽，整個房間以吸塵器吸了一遍。雖然房內雜亂無章，但不會讓人感到不舒服。即使用吸塵器吸掉落在書桌下大量的白髮，或是在倒塌的書堆中發現長黴的冰棒棒子或炸雞骨頭，也不至於太吃驚。

這裡有一種我不曾體驗過的靜謐，但並不是那種悄然無聲的寧靜，而是博士在數字森林彷徨時，充滿他內心的沉默，完全不受掉落的白髮和黴菌的影響，將他重重包圍。就像隱藏在森林深處的湖一樣，是一種透明的沉默。

雖然不至於不舒服，但如果有人問這是不是一間激發管家好奇心的房間，我仍然不得不搖頭。這裡完全找不到任何一件使人感受到年代悠久的小擺設、隱藏某些小祕密的照片，或是令人讚歎的裝飾品之類足以讓管家發揮想像，或是產生一些小小樂趣的東西。

我用雞毛撢子拍去書櫃上的灰塵。《連續群論》、《代數數論》、《數論考究》……修伯雷、漢彌爾頓、圖靈、哈代、貝卡……不可思議的是，雖然有那麼多書，但沒有一本是我想看的。半數是原文書，我連封面上的字也不會讀。書桌上堆滿筆記本，還有一枝很短的4B鉛筆、幾個夾子，如此沒有氣氛的書桌，很難想像這是一個腦力工作的地方。只有些許橡皮擦屑宣示著昨天為止的工作狀況。

數學家不都是用一般文具店買不到的高級圓規或是有複雜裝置的尺嗎？我一邊想著，一邊撢去橡皮擦屑，把筆記本重新堆好，夾子全放在一個地方。布椅已經凹陷出臀部的形狀。

「你的生日是幾月幾號？」

那天吃完晚飯，博士並沒有立刻走進書房。我整理碗筷時，他很努力尋找聊天的話題。

「二月二十號。」

「喔……」

博士挑出洋芋沙拉中的胡蘿蔔，放在一旁沒吃。我收走碗筷後，用抹布擦桌子。即使他沒在思考，也掉得滿桌是食物。雖然時序已經進入春天，但太陽下山後氣溫陡然降低，飯廳的一角仍然開著暖爐。

「您經常投稿論文去雜誌社嗎？」我問道。

「並不是論文那麼了不起。我只是喜歡解答業餘數學迷雜誌上所刊登的問題。運氣好的話，還有獎金。是那些有錢的數學愛好者提供的獎金。」

博士在自己身上四處尋找，視線停在左側口袋的紙條。「原來是這樣……今天把《JOURNAL of MATHEMATICS》第37期的證明寄出去了……好，不錯，不錯。」

距離上午我去郵局已經超過了八十分鐘。

「啊，完蛋了。對不起，我應該寄限時的。如果不是第一個寄到的話，就拿不到獎金吧？」

「不，不必寄限時。雖然比別人更早發現眞理很重要，但如果證明得不漂亮，什麼都泡湯了。」

「證明還有漂亮和不漂亮之分嗎？」

「那當然。」

博士站了起來，伸長脖子看著正在流理台洗碗的我，斬釘截鐵回答。

「完美的證明應該堅固而又柔美，沒有一絲縫隙，協調得沒有一絲的矛盾。許多證明雖然沒有錯，卻拖拖拉拉、廢話連篇。你瞭解嗎？就好像沒有人能夠說明星星爲什麼如此美麗一般，數學的美，也很難以言語表達。」

博士難得這麼健談，我不想讓他覺得無趣，就停下手邊的工作，不時點著頭。

「你的生日是二月二十日。220，眞是個聰明的數字。你看看這個，這是我在大學時代，憑一篇超越數論的論文獲得學長獎時得到的獎品……」

博士脫下腕表，放到我的眼前，好讓我看清楚。那是一只和他服裝品味很不搭調的進口高級腕表。

「哇，您得到一個好了不起的獎。」

「這不重要。你有沒有看到上面刻的數字？」

手表背面刻著「學長獎」No.２８４。

「是第２８４號榮譽的意思嗎？」

「應該是吧。但問題是這個２８４，來，別洗碗了，過來看２２０和２８４。」

博士拉著我的圍裙，要我坐在飯桌旁，從西裝內袋裡拿出一枝短短的4B鉛筆，在夾報廣告紙反面寫下兩個數字。

220

284

兩個數字微妙地保持距離。

「你有什麼看法？」

我往圍裙一抹，擦乾手，感覺有點傷腦筋。雖然我不想讓興致勃勃的博士失望，但像我這種人，即使問我有什麼看法，也不可能回答出令數學家滿意的答案。這不就是……就是數字而已嘛。

「嗯，對喔……」

我不知所措，支吾起來。

「這兩個都是三位數……嗯，該怎麼說……你不覺得這兩個數字很像嗎？沒有太大差別。就好像在超市賣肉的地方，即使分別有220公克裝和284公克裝的絞肉，對我來說根本沒有差別。哪一盒都無所謂，我會買比較新鮮的那一盒。乍看之下，這兩個數字的感覺很相似。百位數都一樣，兩個數字也都是偶數……」

「你的觀察很仔細。」

博士搖著腕表的皮帶，大力稱讚我，反而讓我有點困惑。

「直覺很重要。就好像魚狗一看到魚背一閃，就會立刻跳進水裡抓魚一樣，要憑直覺來看數字。」

博士拉了一張椅子，讓兩個數字更靠近。博士的身上有一種和書房一樣的紙的味道。

「你知不知道什麼是因數？」

「是，應該知道。好像以前學過……」

「220可以被1除盡，也可以被220除盡，沒有餘數。所以，1和220都是220的因數。任何正整數一定有1和自己本身這兩個因數。想想看，還有沒有其他因數？」

「還有2，還有10……」

「答對了。你很聰明嘛。現在，我們來把２２０和２８４除了自己本身以外的因數都寫出來，就像這樣。」

220 : 1　2　4　5　10　11　20　22　44　55　110

142　71　4　2　1 : 284

博士寫的數字圓圓的，好像每個數字都低著頭。柔軟的筆芯壓出的黑粉散落在數字周圍。

「您靠心算就算得出所有的因數嗎？」

「我並沒有一一去計算，和你一樣，只是憑直覺。來，我們再來看下一步。」

博士在數字之間加入符號。

220 : 1+2+4+5+10+11+20+22+44+55+110 =

= 142+71+4+2+1 : 284

博士把鉛筆遞給我，我在夾報廣告的空白處開始筆算。博士的口氣充滿預感和溫柔，才使我不至於有考試的感覺，反而因爲擺脫了剛才的困境，讓我產生了一種使命感，覺得只有我才能算出正確答案。

我驗算三次，生怕自己算錯。不知不覺中，天色已暗，夜幕降臨。剛好在這時，我聽到洗到一半的碗盤間滴落的水聲。博士站在一旁，一直看著我。

「好了，完成了。」

220 : 1+2+4+5+10+11+20+22+44+55+110 = 284

220 = 142+71+4+2+1 : 284

「完全正確。好好看看這一連串美妙的數字。２２０的眞因數之和是２８４，２８４的眞因數之和是２２０。這是一對友誼數，是很難得的組合喔。不管是費瑪還是笛卡兒，都只找到一組而已，是在上天安排下結合的數字。你不覺得很美嗎？你的生日和刻在我腕表上的數字竟然有如此奇妙的關聯。」

我們的視線被平淡無奇的廣告紙所吸引，久久無法移開，追隨博士寫的數字和我寫的數字所形成的數串，就好像將夜空中閃爍的星星連結成星座一樣。

2

晚上回到家裡，照顧兒子上床睡覺後，我突發奇想，想要自己來找友誼數。一方面想要確認一下，是否如博士所說，真的是難得的組合；另一方面，我覺得雖然我高中只讀了一半，但只是找出因數相加的話，應該難不倒我。

我立刻意識到自己的挑戰是多麼有勇無謀。雖然我憑著受到博士稱讚的直覺找出適當的數字，但每一個都不行。

剛開始，我覺得偶數比較有可能，也容易找出因數，所以我試了很多二位數的偶數。試了一陣子後，覺得希望渺茫，就把範圍擴大到奇數，甚至連三位數也算了進去，還是一無所獲。每個數字都表現得很冷淡，滿臉的不屑一顧，連手指頭能稍微碰到的組合都不曾出現。

看來，博士所言不假。我的生日和博士的腕表，在浩瀚的數字世界中，歷盡千辛萬苦，終於找到了對方，緊緊擁抱彼此，培養出深厚的友誼。

不知不覺中，手邊的紙上寫滿了隨意寫的數字，沒有留下絲毫空白。雖然我知道自己的行爲很幼稚，但我的方法應該沒有錯，最後仍然毫無頭緒。

但我有一個小小的發現：28的眞因數和還是28。

28：1+2+4+7+14 = 28

但這並不代表什麼。雖然在我試算時，並沒有找到其他眞因數和等於自己的數字，但這種情況也可能根本不足爲奇。我知道用「發現」這個誇張的辭彙很滑稽，但那有什麼辦法，因爲眞的是我發現的。

在一堆意義不明的雜亂數字中，只有這一行昂首挺胸，彷彿貫徹某種堅定的意志，充滿力量。稍微碰一下，就會刺痛你。

上床後看了一下時鐘，距離我和博士一起玩友誼數已經超過了八十分鐘。雖然對他來說，友誼數應該是簡單得幾近幼稚的事實，但博士展現的驚訝有如現在才第一次發現友誼數有多美一樣，也好像是侍從跪在國王面前般的虔誠。

但是，此刻博士應該已經忘記我們之間的友誼數祕密了；也想不起來220到底是哪裡來的數字。想到這裡，就越發睡不著。

博士的家很小，別說訪客，連電話都不曾響過。每天只要爲對食物毫無興趣的小胃口男人準備一人份的餐點，從管家的勞動標準來說，博士算是個很好伺候的人。以往的經驗都是要在規定的時間內盡可能提升工作效率；現在，無論打掃、洗衣服還是做飯，都可以花上足夠的時間，讓我很高興。我已能分辨博士挑戰新的懸賞問題的時間，也掌握了避免打擾他的訣竅。我以專用上光漆把飯桌擦得亮亮的，用新的布把床墊縫好，也開始動腦筋，找個讓博士在不知情的情況下吃胡蘿蔔的方法。

最困難的就是不知道該如何掌握博士的記憶構造。聽寡婦說，他的記憶停留在一九七五年，但不知道對他來說，昨天代表什麼時候，能不能預測明天；我也不知道這種記憶障礙給他帶來多大的痛苦。

毫無疑問，無論過多久，他也不會記得有我這個人。袖口上畫有我的臉的紙條只是告訴博士我並不是陌生人而已，無法協助他喚醒我們共度的時光。

即使出門買菜，我也盡可能在一小時二十分鐘內趕回來。他大腦所設定的八十分鐘計測器比時鐘還要準，無愧於數學家的身分。當我說「我去買一下東西」離開，在一小時十八分鐘回家時，他會在門口迎接我，說「回來了，辛苦你了」；但如果我花了一小時二十二分鐘，他的第一句話就會倒回：「你的鞋子是幾號？」

我隨時都要小心翼翼避免發表一些不當的言論。「今天早報上說，宮澤首相……」（博士只知道三木武夫之前的首相）每次都是說了一半才發現不對勁；或是不小心說出「在巴塞隆納夏季奧運以前，最好買一台電視吧」（他只知道慕尼黑奧運）的時候，都會懊惱不已。

然而，表面上，博士絲毫沒有表現出在意的樣子。當談話內容朝向他完全不瞭解的方向發展，他既不發脾氣，也不著急，只是默默等待，直到自己能夠參與。但他從不過問我的私事，諸如：你做這種工作多久了，老家在哪裡，有沒有家人等等問題，一次也沒問過。可能他擔心自己老是問相同的問題會讓對方覺得煩吧。

因此，我們只有談論數學時，彼此才能敞開心胸、毫無顧忌。從前讀書時，我只要看到數學課本就渾身發毛，如今卻能坦誠接受博士教的數學問題。我並不是以管家的身分配合雇主的興趣，而是因爲他很懂得怎麼教。他看到算式時所發出的驚歎、對美的稱讚，以及閃閃發亮的眼神，都令人感到興味盎然。

最重要的是，因爲他根本不記得曾經教過我，所以我可以毫無顧忌反覆問相同的問題。一般的學生只要聽一遍就能理解，我卻需要聽五遍、十遍，才好不容易搞懂是怎麼回事。

「第一個發現友誼數的人眞偉大。」

「那當然，是畢達哥拉斯在西元前六世紀發現的。」

「這麼久以前就有數字了嗎？」

「當然。你以為是在江戶時代末期才有的嗎？其實，在人類出現以前，不，在這個世界出現以前，就已經有數字了。」

我們每次都在飯廳聊天。博士不是坐在飯桌旁，就是躺在安樂椅上。我不是在瓦斯爐上攪動鍋子裡的食物，就是在流理台洗碗。

「這樣啊。我還以為是人類發明了數字。」

「沒這回事。如果是人類發明的，根本不需要這麼大費周章，也不需要數學家了。從來沒有人看過數字誕生的過程。當人們發現時，數字早就已經存在了。」

「所以，那些頭腦聰明的人就絞盡腦汁，努力解開數字的構造吧。」

「相較於創造數字的造物主，我們人類實在太愚笨了。」

博士搖著頭，躺在安樂椅上，翻開了數學雜誌。

「空著肚子的時候，人會變得更愚笨。要多吃一點，讓營養傳到大腦的每個角落。再稍微等一下，我馬上就弄好了。」

我將胡蘿蔔磨成泥，和絞肉混在一起，做成漢堡肉餅。趁博士不注意的時候，我偷偷將胡蘿蔔的皮丟進垃圾筒。

「最近，我每天晚上都很用功，想要找出220和284以外的友誼數，但根本找不到。」

「下一組最小的友誼數是1184和1210。」

「是四位數啊？那就超出了我的能力範圍。我也讓我兒子幫忙。雖然他還不太會找因數，但可以幫我計算加法。」

「你有兒子嗎？」

博士從椅子上坐了起來，發出驚訝的聲音。雜誌順勢滑落在地上。

「是啊……」

「幾歲了？」

「十歲。」

「十歲嗎？那根本還是個小孩子嘛。」

博士的臉色漸漸沉了下來，很明顯露出了不安的神情。我攪動漢堡肉餅餡的手慢了下來，等著他像平時一樣，對10這個數字發表高見。

「那，你兒子現在在哪裡，在做什麼？」

「我也不知道。現在的話，應該已經放學，放著功課不做就跑去公園和同學一起玩棒球吧。」

「怎麼可以說不知道呢?你太馬虎了,天色都暗了。」

等了半天,也沒等到他解釋10的祕密。對博士來說,這個10只代表小孩子,除此以外,似乎並沒有其他含意。

「沒關係。反正每天都是這樣,他也習慣了。」

「每天?你每天就丟著孩子不管,在這裡做這些漢堡肉餅嗎?」

「我沒有丟著他不管。但這是我的工作……」

我不知道博士爲什麼那麼在意我的兒子,只是繼續把胡椒和豆蔻撒進絞肉。

「你不在家的時候,誰照顧你兒子?你老公會早回家嗎?啊,對了,是給祖母帶吧。」

「沒有,很遺憾的,既沒有老公,也沒有祖母。只有我和兒子兩個人一起生活。」

「那你兒子一個人在家嗎?在黑暗的房間裡獨自忍著飢餓,等待母親回家嗎?母親卻在爲別人做晚餐,爲我做晚餐。啊,怎麼有這種事。不行,不可以這樣。」

博士無法克制內心不安,站了起來,拚命搔著頭皮,繞著飯桌不停走著,身上的紙條發出沙沙、沙沙的聲音。頭皮屑在空中飛揚,地板發出吱吱的聲響。湯已經煮沸了，我關上了火。

「不必擔心啦。」我盡可能用平穩的語調說。「從他很小的時候開始，我們母子就一直這樣生活。已經十歲了，他懂得照顧自己。我已經把這裡的電話告訴他了，也告訴他萬一遇到什麼事，可以去找住在樓下的房東……」

「不可以，不可以，不可以。」

博士加快了圍著飯桌打轉的速度，打斷了我的話。

「無論在任何情況下，都不能讓小孩子一個人留在家裡。萬一弄倒了暖爐，引起火災怎麼辦？萬一糖果卡到喉嚨，誰能救他？啊——光想就令人感到可怕。我受不了。你趕快回家吧。母親應該爲自己的孩子做晚餐。快，現在馬上回家去。」

博士抓住我的手臂，想把我拉到玄關。

「再稍微等一下，我只要把這個揉成一團，放在平底鍋裡煎一下就好了。」

「不用管這種事了。萬一在你煎漢堡肉餅的時候，小孩子燒死了怎麼辦？明天開始，要把孩子一起帶來這裡，聽到沒有？讓他放學後直接來這裡。在這裡做功課，就能一直留在媽媽身邊。你不要不當一回事，覺得反正到了明天我就忘得一乾二淨。你不要小看我，我不會忘記的。如果你不守約，可別怪我不客氣。」

博士將袖口上的「新管家」紙條拿了下來，從西裝內袋拿出鉛筆，在肖像圖旁邊又加上了「和她10歲的兒子」。

我根本沒時間整理廚房，甚至沒有時間好好洗手，帶著生肉的腥味，猶如被掃地出門般離開了偏屋。博士的氣憤比我上次打斷他的思考被罵時更有震撼力。在氣憤的深處隱藏著一份恐懼，也因此讓人感到可怕。想像公寓萬一眞的失火的光景，就一路跑回家。

見到博士看到我兒子那一刻的表情，我才眞正放鬆警戒，開始信賴博士。依照前一晚的約定，我畫了張地圖給兒子，告訴他放學後直接來博士的家。雖然介紹所的就業守則規定不可以把孩子帶到工作的地方，讓我有點爲難，但我還是無法違抗博士的執著。

當兒子背著書包出現在玄關，博士滿臉笑容，張開雙臂擁他入懷，根本不容我有時間指著「……和她10歲的兒子」的紙條，說明事情的來龍去脈。他的雙臂充滿慈愛，願爲眼前的弱者遮風擋雨。親眼看到自己的兒子被別人以這種方式擁抱入懷，實在是莫大的幸福，甚至讓我有點吃味，希望博士也能用這種方式迎接我。

「那麼遠，你也找得到。謝謝，謝謝。」

博士說道，根本沒提到每天早晨第一次看到我總要問的那些數字問題。

兒子對這種意想不到的歡迎方式感到困惑，緊張得渾身僵硬，但嘴角露出了笑容，以自己的方式回應博士的熱誠。然後，博士拿下兒子的帽子（印有阪神虎隊標誌的帽子）撫摸他的頭，在知道他的本名之前就已經給他起了個恰如其分的暱稱。

「你是根號。這是一個面對任何數字都不會有絲毫爲難之色，以寬大的胸懷加以包容的符號。」

博士立刻在袖口的紙條上補充了這個符號。

新管家　和她10歲的兒子$\sqrt{\ }$

曾有一次，我自己動手做了名牌，希望能減輕博士的負擔。除了他在自己身上貼紙條以外，如果我們也別上表示自己身分的名牌，就不需要在這件事上費神。我叫兒子走出校門後，就拿下學校的名牌，換上$\sqrt{\ }$的名牌。那個名牌做得很漂亮，再迷糊的人也能一眼看到，卻沒有產生預期的效果。對博士來說，我永遠只是個用數字的右手怯生生握手的對象；但只要一看到我兒子，他就熱情相擁。

兒子立刻習慣了博士獨特的歡迎方式，並對此感到高興。他會自己脫下帽子，驕傲伸直頸子，表示自己對這個暱稱多麼當之無愧。博士表示歡迎之餘，必定會稱讚根號的偉大。

和兒子一起三個人首度共進晚餐時，博士第一次面對我做的飯菜說「我先吃了」。按照契約，我要在晚上六點準備一人份的晚餐，在清洗整理後，約七點左右就可以回家，但在兒子加入後，博士立刻對這樣的時間安排提出了異議。

「大人怎麼可以當著餓肚子的小孩子面前，一個人大吃特吃？豈有此理。等你下班回家後再做飯，根號每天晚上要八點才能吃到飯。怎麼可以！不僅沒有效率，也根本沒有道理。小孩子八點就要上床睡覺了。大人沒有權利剝奪小孩子的睡眠時間。自從有人類開始，無論在哪一個時代，小孩子都是在睡覺的時候長大的。」

對一位前數學家來說，這樣的異議顯得毫無科學根據。但我還是決定過一陣子再和介紹所所長談談，從薪水扣除我和兒子的晚餐費。

飯桌上，博士的吃相可圈可點。正襟危坐，吃東西時不發出任何聲音，也沒有將湯汁滴落在桌子上或餐巾上。明明可以吃得那麼有模有樣，爲什麼和我單獨在一起時卻那麼邋遢，實在令我感到不可思議。

「你讀哪一所學校？」

「老師對你好不好？」

「今天的營養午餐吃什麼？」

「將來想要做什麼？可不可以告訴伯伯？」

我將檸檬汁淋在炸雞塊上，分配配菜的四季豆，博士則問了根號許多問題，也毫不猶豫問了一些關於過去和未來的問題。我感受到博士很努力緩和氣氛，無論根號的回答多無聊，他都表現出一副熱心傾聽的態度。多虧了博士的努力，才避免了微老的前數學家、三十歲拖著油瓶的管家和讀小學的小男生三個人在一片尷尬的沉默下悶著頭吃飯的窘境。

但博士並非只是取悅孩子。當根號把手肘撐在桌上或是將碗盤敲得鏗鏘作響、吃飯的樣子很沒有規矩時（雖然也是博士平時的行爲），他就會適時提醒。

「要多吃一點，小孩子的工作就是要快快長大。」

「我是班上最矮的。」

「沒關係。你現在是累積能量的時候，一旦爆發，就會一下子長得很高。不久，你就會聽到骨頭長大，發出喀吱喀吱的聲音。」

「博士以前也是這樣嗎？」

「沒有，很遺憾，伯伯的能量好像浪費在其他方面了。」

「其他什麼方面？」

「我有個好朋友，因爲某種因素，我們不能一起玩一些踢罐子、玩棒球之類，活動身體的遊戲。」

「你朋友生病了嗎？」

「完全相反。他不僅沒生病，而且又高大、又強壯，穩如泰山。但因爲他住在大腦裡，只能在腦子裡玩遊戲。我的能量都用到那裡去了，沒辦法顧及我的骨頭。」

「啊，我知道了。那個朋友就是數字。我聽媽媽說，博士是很了不起的數學老師。」

「你眞聰明。你猜對了。對，我除了數字以外，沒有其他朋友。所以，你現在這個時期一定要好好活動筋骨。知道了嗎？不可以挑食喔。吃不飽的時候，不要客氣，可以把伯伯的份也拿去吃。」

「好，謝謝。」

根號快樂吃著晚餐，和平時判若兩人。他一一回答博士的提問，爲了博取博士的歡心，還添了一碗飯。在談話的空檔，終於無法按捺好奇心，四處打量房子，並趁博士不注意的時候偷瞄了西裝上的紙條。

明天我要在沙拉裡放生的胡蘿蔔，不知道博士會怎麼辦。察覺自己竟然有這種惡作劇的想法，不禁覺得好笑。我面帶微笑聽著他們聊天。

根號打從一出生，就是個很少有人抱的小嬰兒。當我在產院看到躺在小船一樣透明床鋪上的小嬰兒，內心湧起的不是喜悅，而是一種幾近恐懼的情感。那時候，他才剛出生幾小時，眼皮、耳朵、腳踝都殘留著前一刻還在羊水裡泡脹的痕跡。雖然他半閉著眼睛，但似乎並沒睡著，裹在不合身而又穿不習慣的產衣外的手腳不停活動，彷彿覺得自己被丟在一個錯誤的地方，正在向誰訴說內心的不滿。

我額頭頂著新生兒室的玻璃，也想要問問這個「誰」：你憑什麼知道這個嬰兒就是我的孩子？

十八歲的我無知又孤獨。害喜一直持續到我躺上分娩台，臉頰凹了下去，頭髮因爲汗水而發出惡臭，睡衣上沾著破水時留下的污漬。

在兩排總計十五張小床中，只有他一個人醒著。距離黎明還有一段時間，除了護士站的燈光下穿著白袍的人以外，走廊上、大廳內沒有一個人影。嬰兒慢慢鬆開了握緊的手，再度笨拙握起拳頭。指甲小得可憐，呈現發青的黑色——是刮到我黏膜時的血在指甲下方凝固成了黑色。

「對不起，我有一個請求……」

我腳步蹣跚衝到護士站。

「我想請你幫小孩子剪一下指甲。他的手一直動，我怕他抓傷自己的臉……」

那時的我是否想要藉此告訴自己，我是個溫柔的母親？或者，只是因爲無法承受被喚起的那陣黏膜的疼痛……

從我懂事開始就不曾見過父親。母親愛上了不能和她結婚的男人，生下了我，獨力把我扶養長大。

母親在婚宴公司工作。從小妹開始做起，陸續考取簿記、著裝（譯注：幫新娘、新郎穿和服的資格）、花藝設計、餐桌擺設等各種檢定資格，最後升上了業務主任。

母親的個性很強，最討厭別人把我看成是個沒父親的窮孩子。即使家裡一貧如洗，她仍然竭盡全力維持外表的光鮮和內心的充實。她向服裝部門的下游廠商要來禮服的零碎布料，親手爲我縫製衣服；和婚禮上彈風琴的老師交涉，用便宜的學費讓我學鋼琴；把婚禮用剩的花帶回家，使家裡的窗台更有氣氛。

我之所以成爲管家，是因爲我從小就代替母親做家事。才兩歲，我就會自己用洗完澡的水洗弄髒的褲子；上小學前，已經拿著刀子切火腿，自己動手做炒飯。到了根號這個年紀，已經包下了從付水電瓦斯費到參加里民大會的所有家事。

母親口中的父親英俊完美，我從來不曾聽過她說父親的壞話。聽說他是個經營餐廳的企業家，但母親刻意隱瞞具體情況，只是不斷重複他的優點：身材高䠷，英語流利，在歌劇方面有很深的造詣，充滿自信和謙虛，笑臉迎人，富有包容心……

在我的印象中，父親就像是美術館的雕像一樣，擺出姿勢屹立不搖。但無論我再怎麼靠近雕像，他的眼睛始終看著遠方，從來不曾向我伸出手來。

我邁入青春期後，漸漸覺得有點不太對勁。如果父親眞的像母親所說的那樣，爲什麼棄我和母親不顧，甚至不曾在經濟上幫助我們？然而，對於那個年齡的少女來說，父親到底是怎樣的人就顯得微不足道了，每次我都是默默聽著母親的幻想。

我升上高三不久就懷孕了。我的懷孕粉碎了母親的幻想，也將她以零碎布料做的衣服、鋼琴和花所費心建立的生活破壞得蕩然無存。

我是在打工的地方認識了兒子的父親，他是個讀電機工學系的大學生，個性文靜，很有教養，卻沒有足夠的膽量接受我們之間發生的事。那些曾經令我著迷的電機工學的神祕知識並未派上任何用場，他變成了一個整天抱怨的男人，而且很快就走出了我的生命。

雖然我們都懷了沒有父親的孩子，但或許正因爲如此，無論我用什麼方法都無法消除母親的震怒。那是一種充滿痛苦、充滿無奈和吶喊的憤怒，由於她的情緒實在太強烈，我幾乎無法了解自己的心情。懷孕滿二十二週後，我離家出走，之後就不曾和母親聯絡。

當我從婦產科把嬰兒帶回名爲母子成長住宅的福利國宅，迎接我的只有宿舍的歐巴桑。我把僅存的一張孩子父親的照片折起來，放在婦產科給我裝臍帶的小木盒裡。

抽中寄託乳幼兒的托兒所名額後，我沒有片刻猶豫，立刻去曙光管家介紹所面試。這裡是唯一能夠讓我發揮我微不足道的專長的地方。

在根號快上小學前，我與母親和好了。母親突然寄來一個書包。當時，我已經搬出了母子成長住宅，眞正做到了自力更生；母親仍然在婚宴公司做主任。彆扭的感情漸漸消失，我慢慢體會到小孩子有一位外祖母是多麼可貴時，母親卻因爲腦溢血過世了。

所以，看到博士擁根號入懷，我比根號更高興。

隨著根號的加入，三個人的生活節奏立刻步上軌道。除了晚餐改成煮三人份以外，我的工作並沒有改變。星期五是最忙的日子，要準備好週末的料理放在冰箱冷凍。雖然我不厭其煩向博士說明高麗菜肉捲要配馬鈴薯泥、燉魚要配綠色蔬菜，並按照怎樣的順序解凍，博士最終還是沒學會怎麼操作微波爐。

星期一早晨上工的時候，卻發現冰箱裡的料理吃得精光。高麗菜肉捲和燉魚都用微波爐解凍後裝進了博士的胃袋，盤子也洗乾淨後收在碗櫃裡。

顯然是寡婦在我不在的時候過來照顧博士。但在我工作的時候，她從來不曾露過面。我實在無法理解，她爲什麼要那樣嚴格禁止我和主屋有所牽扯。和寡婦的相處成爲我新的難題。

博士的難題始終是數字。他面對的都是需要長時間集中精力鑽研的問題，一旦解答出來，還能得到獎金，眞是太了不起了。然而，博士對我的稱讚不以爲然。

「這種東西只不過是遊戲罷了。」

他並不是謙虛，相反的，他的語氣流露出一絲寂寥。

「提出問題的人已經知道答案了。解答這種保證有答案的問題，就像是有嚮導帶著你走能夠看到山頂的登山道。數學的眞理隱身在無人去過的路的盡頭，而且，並不一定在山頂上，有可能在懸崖的峭壁間，也可能在山谷的深處。」

傍晚，一聽到根號「我回來了」的聲音，博士無論再怎麼沉浸在數學的世界，一定走出書房。他曾經那麼討厭別人打斷他思考的時間，爲了根號卻能那麼輕易放棄自己的執著。但根號通常一放下書包就跑去公園和小朋友打棒球，博士只好沮喪地走回書房。

所以，博士最喜歡下雨，因爲下雨的時候就能和根號一起做算術習題。

「在博士的家裡讀書，好像頭腦會變聰明耶。」

我們母子生活的公寓裡沒有書櫃，看到博士書房裏堆積如山的書，根號顯得特別好奇。

博士把書桌上的筆記本、夾子和橡皮擦屑推到一旁，爲根號騰出空間，然後攤開算術作業簿。

我不知道是不是每一個研究高等數學的人都能夠輕鬆教小學生數學，這算是一種特殊的能力？博士能以完美的方法教根號分數、比例和體積，讓我覺得每一個檢查小孩子功課的大人都應該學習這種方式。

「355乘以840等於，6239除以23等於，4.62加2.74等於，5又7分之2減2又7分之1等於……」

無論是應用題還是簡單的計算題，博士都要根號把題目大聲讀出來。

「因為題目和音樂一樣，都有一定的節奏。把題目讀出來，抓到這種節奏，就能看清全面的問題，也能發現容易忽略的陷阱。」

根號的聲音清脆響亮，傳遍書房每個角落。

「用380圓買了兩條手帕和兩雙襪子。買同樣兩條手帕和五雙襪子要710圓。請問，一條手帕和一雙襪子各要多少錢？」

「好，那先要看什麼地方？」

「嗯，這題有點難。」

「的確，這是今天習題中最難的。但你剛才讀得很好。這道題目有三句話。手帕和襪子分別出現了三次。你已經抓到了×條、×雙、×圓。×條、×雙、×圓……的節奏。平淡的習題聽起來像一首詩一樣。」

博士從不吝於稱讚根號，即使時間一分一秒流逝，習題仍然沒解決，他也完全不著急。無論根號撞進多麼愚蠢的死胡同，博士都像從河底的泥巴中撈起金沙一樣，找出屬於根號的優點。

「那，我們來把這個人買的東西畫下來。先是買了2條手帕，然後是2雙襪子……」

「這哪是襪子，根本就是胖胖的菜蟲。我來畫吧。」

「喔，原來是這樣。這樣才像襪子，原來如此。」

「畫5雙襪子很費時間。這個人買手帕的數目相同，只增加了買襪子的數量。我的也越來越像菜蟲了。」

「不，你畫得很好。你說的沒錯。只有襪子的數量增加了，價錢也貴了。來算算看，到底貴了多少。」

「嗯……710減380……」

「計算的草稿都不要擦掉，最好留下來。」

「我平時都寫在廢紙反面，擠成一堆。」

「每一個算式、每一個數字都有一定的意義，如果不好好對待，它們不是很可憐嗎？」

我坐在床上縫縫補補。他們做習題時，我也把工作拿到書房來做，盡可能在一旁陪他們。時而燙衣服，時而清洗絨毯上的污漬，或是剝豌豆。若是留在廚房，聽到不時傳來的笑聲，總覺得自己遭到排擠一樣，心裡很不是滋味；況且有人善待根號時，我希望自己也能夠參與。

在書房裡能清晰聽到雨的聲音。似乎這裡的天空特別低。由於樹葉茂密，不必擔心別人看到屋內，天黑以後也不必拉上窗簾，兩個人的臉映照在窗戶玻璃上，看起來濕濕的。下雨天，紙的味道比平時更濃了。

「對，就是這樣，就是這樣。只要用除法算，就變得很簡單。」

「先算出的是襪子的價錢，是110圓。」

「好。但不能大意喔。很可能手帕裝出很乖的樣子，其實它才是狠角色。」

「對喔……嗯，數字比較小的話，計算起來比較方便。」

根號歪著頭，臉貼在對他來說有點高的書桌上，用力握著滿是齒痕的鉛筆。博士輕鬆蹺起二郎腿，不時摸著稀疏的鬍子，看著根號的手。既不是體衰的老人，也不是投入思考的學者，而是保護弱小的正當庇護者。兩個人的輪廓靠近、重疊，進而合爲一體。鉛筆的沙沙聲、博士假牙發出的聲音和雨聲都融爲一片。

「我可不可以把算式一條一條列出來？學校老師要我們寫成一條總算式，不然他會生氣。」

「學生爲了避免算錯，認眞做每個步驟，這樣也生氣，這種老師也眞奇怪。」

「嗯，對啊……110乘以2等於，220。然後，用380去減……等於160……160再除以2等於……80。算好了，一條手帕是80圓。」

「答對了。完全正確。」

博士撫摸根號的頭，根號的頭髮被摸得一團亂，仍不時歪頭看博士的臉，似乎不想錯過博士滿臉高興的神情。

「伯伯也要出一道題目給你，可以嗎？」

「啊？」

「別做這種不耐煩的表情。和你一起做功課，伯伯也想要學學校的老師，出題目給你做。」

「好詐喔。」

「只有一題而已。可以嗎？『從1加到10，一共是多少？』」

「喔，太簡單了。我馬上就能算出來。那我讓博士出題目，博士也要答應我的請求喔。可不可以把收音機修好？」

「修收音機？」

「對。因爲來這裡就聽不到棒球比賽轉播。這裡沒有電視，收音機又壞了。

職棒錦標賽已經開打了。」

「喔……職棒啊……」

博士的手放在根號的頭上，吐了一口長長的氣。

「根號是哪一隊的球迷？」

「看我的帽子不就知道了。阪神虎隊啦。」

根號戴上丟在書包旁的帽子。

「喔，是阪神虎隊。喔，原來是阪神虎隊。」

博士喃喃自語，但似乎並不是說給誰聽，而是在告訴他自己。

「伯伯是江夏的球迷。阪神虎隊的王牌，江夏豐的球迷。」

「眞的嗎？太好了，還好你不是巨人隊的球迷。那更應該把收音機修好。」

根號纏著博士不放。博士又喃喃自語，不知道在說什麼。

我蓋上針線盒的蓋子，從床上站了起來，說：「好了，吃晚飯吧。」

3

終於，我成功帶博士出門了。從我上工那一天開始，從來沒看過他邁出家門一步，甚至不曾踏進院子一步。我覺得稍微接觸一下外界的空氣應該對健康有幫助。

「天氣好好喲。」

我沒說謊。

「這種天氣，讓人情不自禁想要對著太陽深呼吸。」

然而，正在安樂椅上看書的博士一副愛理不理的樣子。

「要不要去公園散散步，然後去理髮店剪一下頭髮？」

「爲什麼要做這種事？」

博士拿下老花眼鏡，瞇起眼睛看我，一副怕麻煩的表情。

「不一定要有什麼目的啊。公園的櫻花還沒謝，有些灌木也快開花了。而且，頭髮剪一剪，心情也會覺得很暢快。」

「我現在的心情就很暢快啊。」

「腳活動一下，能促進血液循環，說不定能激發數學的靈感。」

「腳和大腦的血液循環不是同一個系統。」

「剪一剪頭髮，一定更帥。」

「哼，無聊。」

博士說了一堆歪理，但敵不過我的執拗，不情願地闔上了書本。

鞋櫃裡只有一雙長著一層黴菌的皮鞋。

「你會陪我一起去吧。」

在我擦鞋子時，博士連續問了好幾次。

「說好了，你要陪我。不可以在我剪頭髮的時候一個人偷跑回來。」

「好，沒問題。我會陪著您。」

費了九牛二虎之力，還是沒辦法把皮鞋擦乾淨。

問題是該怎麼處理那一身紙條。這身打扮走出去，一定引來路人好奇的眼光。雖然我想了很久要不要請他把紙條拿下來，但他似乎對此並不在意，我也死了這條心。

博士既不抬頭看萬里無雲的天空，也不曾瞥一眼擦身而過的狗或商店的櫥窗，只是低頭看著自己的腳蹣跚走著。不僅沒放鬆，反而因爲渾身肌肉僵硬，顯得更緊張。

「您看那裡，櫻花開得好漂亮。」

即使我找話題和他搭訕，他也只是含糊地回應一下。走出戶外，他看起來又老了一輪。

我們決定先去剪頭髮。理髮店老闆腦筋轉得很快，也很親切。雖然一開始被博士那件奇怪的西裝嚇到了，但立刻意識到事出有因，親切招呼。他誤以爲博士是我的父親，對博士說：「您女兒陪您來，眞孝順。」我和博士都沒否認。我和一群男客人一起坐在沙發上，在一旁等博士剪完頭髮。

可能以前剪頭髮時有過不愉快的回憶，博士披上剪頭髮的罩衫後，情緒越來越緊張。臉上的肌肉緊繃，雙手用力握住扶手，手指幾乎陷了進去，眉頭緊鎖。老闆聊著一些無關痛癢的話題，試圖緩和氣氛，卻完全不奏效。博士唐突地搬出他拿手的問題。

「你的鞋子幾號？」

「你家電話幾號？」

結果，氣氛反而更僵了。

雖然他能從鏡子裡看到我，但似乎仍然不放心，不時轉過頭來確認我沒有違反約定。他每轉頭一次，老闆就不得不停下手上的剪刀，卻沒有抱怨，配合博士的任性。我微笑著輕輕舉起手，示意「我在這裡等您」。

白髮一縷一縷滑了下來，散落在地。理髮店的老闆怎麼知道，白髮下的這個腦袋，說得出一億以內總共有多少個質數；那些坐在沙發上等候、希望這個奇怪的男人趕快離開的客人，也沒人知道我的生日和腕表之間的祕密。想到這裡，竟然感到無比自豪。我對著鏡子，展露出更燦爛的笑容，舉手向他示意。

離開理髮店後，我們在公園的長椅上喝著罐裝咖啡。公園裡有沙坑、噴水池，還有一座網球場。風一吹來，櫻花的花瓣就隨之起舞，穿過樹葉的陽光也在博士的臉上跳動。所有的紙條不停抖動。博士出神看著罐口，好像喝的是什麼奇怪的東西。

「果然不出我所料，您眞的變帥了，也更有威嚴了。」

「別開玩笑了。」

博士說話時，不再是往常的紙張氣味，而是散發出修面霜的氣味。

「您以前在大學研究的是數學的哪一個領域？」

雖然他說了我也聽不懂，但爲了報答他應允我帶他外出的要求，我想和他聊一聊數學的話題。

「是有『數學女王』之稱的領域。」

博士把罐裝咖啡一飲而盡後答道。

「像女王般美麗高貴，也像惡魔般殘酷。其實說起來很簡單，就是研究誰都知道的正整數1、2、3、4、5、6、7……的關係。」

我沒想到博士會使用「女王」這種童話中的辭彙。遠處傳來網球彈跳的聲音。無論是推著嬰兒車的婦人、慢跑的人，還是騎腳踏車的人，經過我們面前，一看到博士，都紛紛慌忙收起好奇的眼光。

「您是要發現其中的關係嗎？」

「沒錯，是發現，不是發明。我要找出在我還沒出世的遙遠過去就已經不爲人知地在某個地方存在的定理。就好像一字一句抄下記錄在上帝筆記本的眞理一樣。誰都沒辦法預知這本筆記本到底在哪裡、什麼時候打開。」

當他說「在某個地方存在的定理」的時候，還指著他在「思考」狀態時一直注視的那一點。

「比方說，我在劍橋留學時，研究的是有關整係數三次方的阿廷猜想（譯

注：Artin Conjecture是奧地利數學家Emil Artin於一九二七年所提出的數學理論）。這是建立在圓周定理（circle method）的基礎上，運用了代數幾何、代數的整數論、丟番圖（Diophantos）近似等原理……有一段時間，我還試圖尋找可以推翻阿廷猜想的三次方……最後，完成了在特殊條件下的證明……」

博士撿起長椅下的樹枝，在地上寫了些什麼。除了「寫了些什麼」以外，我不知道還能用什麼話來形容。有數字，有字母，也有神祕的符號，相互關聯，形成一整串算式。博士的話我一句也聽不懂，但我知道那裡有一條明確的道路，博士正在這條道路上向前邁進。此時的他威風凜凜，在理髮店那兒的緊張已經蕩然無存。枯枝將博士的意志刻在地上，不知不覺中，我們腳下變成了一片算式編織的蕾絲圖案世界。

「我可不可以談一下我的發現？」

當樹枝停止編織，陷入一片沉默，我被自己脫口而出的話嚇了一跳。可能是受蕾絲圖案的美麗所打動，自己也想要參與其中，而且我確信博士絕不會對我這個極其幼稚的發現不以爲然。

「把28所有的因數相加，還是等於28。」

「喔……」

博士在阿廷猜想的算式後面，寫下：

28 = 1+2+4+7+14

「是個完全數。」

「完全，數？」

我喃喃自語，猶如咀嚼這句不可動搖的話中的含意。

「最小的完全數是6。6 = 1+2+3。」

「啊，眞的耶。可見並不稀奇嘛。」

「不，沒這回事。這是很寶貴的數字，體現了什麼是眞正的完全。28之後是496。496 = 1+2+4+8+16+31+62+124+248。再後面是8128，再接下來是33550336，再下來就是8589869056。數字越大，就越不容易找到完全數。」

博士能夠如此輕鬆說出以億爲單位的數字，令我大感驚訝。

「當然，除了完全數之外，因數的和不是大於數字本身，就是小於數字本身。大於的時候，叫做盈數；小於的時候就叫虧數。你不覺得這種命名方式很傳神嗎？18的因數和是1+2+3+6+9 = 21，所以就是盈數。14的因數和是1+2+7 = 10，所以就是虧數。」

我的腦海中浮現出14和18。聽了博士的說明後，才發現它們並非普通的數字。18在不爲人知的情況下背負過剩的包袱；14則要默默面對殘缺的空白。

「因數和比數字本身小1的虧數不計其數，但比數字本身大1的盈數卻一個都不存在。不，或者應該說，至今還沒人發現。」

「爲什麼還沒發現？」

「因爲，答案只寫在上帝的筆記本上。」

陽光很柔和，均等照射眼前所有的一切，連飄浮在噴水池裡的蟲子屍體也反射出閃閃光芒。我看到博士胸口最重要的紙條「我的記憶容量只有80分鐘」快掉了，立刻伸手幫他夾好。

「再告訴你一個完全數的性質。」

博士又拿起樹枝，雙腿縮進長椅下方，騰出一塊空地。

「完全數能以連續正整數和來表示。」

6 = 1+2+3

28 = 1+2+3+4+5+6+7

496 = 1+2+3+4+5+6+7+8+9+10+11+12+13+14+15+16+17+18+19+20+21
+22+23+24+25+26+27+28+29+30+31

博士伸長雙手寫出一列長長的加法，簡單而有規律，精闢且沒有一絲多餘，充滿令人發麻的緊張。

「阿廷猜想」的費解算式與28的因數相加算式親密地融爲一體，將我們包圍。每一個數字形成蕾絲的一個花紋，彼此結合成精巧的圖案。我屏住呼吸，縮起雙腿，深怕一不小心動一下就會擦掉一個數字。

如今，宇宙的祕密似乎就浮現在我們腳下，彷彿上帝的筆記本已經呈現在那裡。

「好了。」博士說道，「該回家了。」

「好。」我點了點頭。

「根號也快回來了。」

「根號？」

「我十歲的兒子。他的頭頂很平，所以叫他根號。」

「喔，是這樣。原來你有兒子。孩子放學回家時，媽媽要在門口迎接。那，趕快走吧。聽到小孩子說『我回來了』，是最幸福的事。」

說罷，博士站了起來。

這時，沙坑傳來一陣哭聲。可能是不小心把沙子弄進眼睛了，兩歲左右的小女孩拿著玩具鏟子，哭喪著臉。博士以從來不曾有過的敏捷衝到小女孩身邊，哄著小女孩，看著她的臉，動作溫柔，輕輕拍去小女孩裙子上的沙，讓我立刻體會到，他疼愛的並非根號而已，而是所有的孩子。

「請你讓開。」

小女孩的母親不知從哪裡衝了出來，撥開博士的手，抱起小女孩，立刻跑開了。

博士一個人呆呆站在沙坑裡。我看著他的背影，不知如何是好。櫻花紛紛飄舞，為宇宙的祕密增添了新的圖案。

「你出的題目我做好了。你不能耍賴，要去修收音機喔。」

根號連「我回來了」也沒說，就衝進玄關。

「你看。」

然後，立刻遞上了算術筆記本。

1+2+3+4+5+6+7+8+9+10 = 55

博士彷彿在鑑賞某項高難度的證明一樣，一直看著根號寫的加法。雖然他無法從記憶中尋找自己為什麼出這道習題，也不知道為什麼要修收音機，卻想從這題加法中找出答案。

博士盡可能避免問我或根號有關八十分鐘前發生的事。雖然只要他開口問，我就會告訴他習題和修收音機到底是怎麼回事，但他努力從現狀中尋找線索，試圖獨力解決問題。他的腦筋本來就很聰明，對自己生的病也應該有深刻的瞭解。他似乎並不是怕自尊心受到傷害，而是不好意思打擾生活在正常記憶世界的人，所以我也決定不多管閒事。

「喔，是1加到10的演算法。」

「應該沒算錯吧？我驗算了好幾次，很有自信。」

「很正確。」

「太好了。那現在就把收音機拿去電器行，請他們修理吧。」

「等一下，根號。」

博士乾咳了幾下，似乎在爲自己爭取時間。

「可不可以告訴我，你是用什麼方法算出來的？」

「這還不容易，就是一個一個加起來啊。」

「很規矩的方法。是個不會受到任何人指責的踏實做法。」

根號點了點頭。

「但請你再想一下。如果有一個壞心眼的老師，叫你從1加到100怎麼辦？」

「……那，我還是一個一個加啊。」

「對，因爲你是個誠實的孩子，不屈不撓，也很有毅力，即使要從1加到100也一定算得出正確答案。但這個老師簡直就是個惡魔，可能要你再從1加到一千，或是加到一萬。他看到乖巧的根號哭著做一大串計算，在一旁得意地哈哈大笑。你能忍受嗎？」

根號搖了搖頭。

「我想也是，怎麼能讓惡魔老師得逞？要給那傢伙一點顏色看看。」

「……那我要怎麼辦？」

「找出更簡單的計算方法，這樣的話，再大的數字也不怕。等你找到這種計算方法，我們就一起拿收音機去電器行修理。」

「哪有這樣的。我們已經說好的。說話不算話，說話不算話。」

根號拚命跺著腳。

「不可以沒有禮貌，你又不是小嬰兒。」

我制止根號。但無論根號再怎麼責備，博士仍是一派悠然。

「並不是算出答案就代表完成了習題。還有另一條路也可以到達55，你不想試試那條路嗎？」

「不想……」

他仍然嘟著嘴。

「好，這樣好了。我在想，那台收音機已經很舊了，即使今天拿去修，也要好幾天才修好。那我們來比賽一下，看是收音機先修好，還是你先找到新的路？」

「嗯……但老實說，我沒有自信。1加到10，怎麼還會有其他方法……」

「喂，喂，怎麼了？怎麼變成膽小鬼了？難道在挑戰之前就要投降嗎？」

「好吧，我試試看。但我沒辦法保證能在收音機修好以前想出來。我也是很忙的。」

「好，好。」

像往常一樣，博士摸著根號的頭，突然驚叫：

「啊，差點忘了。這是很重要的約定，我要寫下來，以免忘記了。」

說完，博士撕下一張便條紙，用鉛筆寫下重點，夾在西裝領口僅剩的縫隙上。

和平時生活中表現的笨拙相比，博士的動作流暢，也可以說是熟能生巧。新的紙條立刻融入其他眾多紙條。

「一定要在棒球比賽的實況轉播前做好功課。吃飯時，要把收音機關掉。不能打擾博士的工作。可以嗎？你要保證做到。」

我在一旁叮嚀，根號滿臉不耐煩，光是「嗯，嗯」應道。

「這種事不說我也知道。今年的阪神虎隊很厲害，和連續兩年敬陪末座的去年完全不一樣了。在開幕戰對巨人隊時，就已經開張大吉了。」

「是喔，阪神隊表現不錯嘛。」博士答道。

「江夏現在的防守率是多少？」博士看了看根號，又看了看我，問道。

「三振了幾位打者？」

停頓了好長一段時間，根號說：「在我出世以前，江夏就轉到其他球隊了……而且，他早就退休了。」

博士「啊」了一聲，整個人呆住了。

我第一次看到他如此錯愕、如此深受打擊的樣子。在此之前，即使突然冒出超出他記憶範圍的事，他也默默承受，這次卻不一樣。我一時不知道該如何收場。根號看到博士這副樣子，知道自己闖了大禍，也同樣大受打擊，然而我根本無暇顧及他。

「但是……他在鯉魚隊也打得很好……還打到冠軍呢……」

我想讓博士的心情平靜下來，才補充說明，卻變成了火上加油。

「什麼？鯉魚隊？怎麼會這樣。江夏竟然穿條紋服以外的制服……」

博士雙手撐在書桌上，拚命抓著才在理髮店修剪整齊的頭髮，短短的髮屑紛紛掉落在算術筆記本上。這次換成根號撫摸博士的頭，輕輕撫平抓亂的頭髮，似乎想彌補自己犯下的錯。

那天晚上的回家路上，我和根號沉默不語。

「今天阪神虎隊有比賽嗎？」

即使我問他，他也愛理不理。

「是和哪一隊比賽？」

「大洋。」

「不知道贏了沒有。」

「誰知道。」

白天去過的理髮店已經熄了燈，公園內空無一人，黑暗埋沒了樹枝寫下的算式。

「都怪我多嘴。」根號說道，「我不知道博士竟然那麼喜歡江夏。」

「媽媽也不知道。」

然後，我以一種或許並不恰當的方式安慰兒子。

「沒關係，不必擔心。反正等到明天，一切就恢復了。一到明天，博士的江夏又會變成阪神虎隊的王牌球員。」

博士出的習題的難度絲毫不亞於江夏問題。

博士的預料完全正確。把收音機拿去電器行時，老闆一副傷腦筋的樣子，說從來沒看過這種舊式收音機，無法保證能修好，最後決定放在那裡修一個星期看看。每天下班回家，我就開始思考「把1到10的正整數相加等於幾」的問題。雖然原本應該是根號的工作，但他一早就放棄了，只好由我繼續奮鬥。最主要還是因爲江夏那件事的關係，一方面不想讓博士再失望，也希望讓他高興一點，從數學方面下手便成爲唯一的方法。

就像博士經常要求根號那樣，我也先把問題念出來。

「1+2+3+……9+10=55。1+2+3+……9+10=55。1+2+3+……」

但這種方法沒有太大效果，只是更讓我瞭解到，這個算式極其簡單，我卻連自己要找什麼都很模糊。

然後，我把1到10的數字橫著寫，豎著寫；或是按照偶數和奇數、質數和非質數加以分類；還拿出火柴棒和玻璃彈珠。上班時，只要一有空，就立刻在廣告紙反面寫上數字，尋找線索。

尋找友誼數時，有很多計算的算式，只要花時間，多少有一些收穫。這次的情況卻不相同。無論向任何方向伸手，感覺都很模稜兩可，都不眞實。最後甚至根本不知道自己到底該怎麼辦。彷彿誤入歧途，一直在原地打轉，也感覺自己一直後退。事實上，常常只是呆呆看著廣告紙反面。

但是，我仍然不放棄。自從懷了根號以後，我不曾像這樣堅持不懈而又徹底思考過任何問題。

爲什麼對這種不帶來任何好處的小孩子遊戲這麼投入？連我自己都覺得不可思議。起初是因爲博士的關係，但博士的身影漸漸模糊，不知不覺中已經變成我和問題之間你死我活的較量。早晨，一睜開眼，「1+2+3+……9+10 = 55」的算式就跳入眼簾，一整天揮之不去。這個算式像影子般烙在我的視網膜上，既擦不掉，也無法忽略。

一開始覺得很煩，後來卻產生了一種不甘心，甚至產生一種使命感。只有少數人知道這個算式背後的意義，很多人不曾感受過算式的意義就終老一生。如今，一個根本不屬於算式這個世界的管家，不願受到命運的操弄，試圖推開祕密之門。雖然我自己未曾察覺，然而從曙光管家介紹所派我來博士家那一刻開始，我已經接受了某個人爲我開啓的一絲光線，背負特殊的使命。

「媽媽現在的樣子，有沒有和博士『思考』的時候很像？」

我一手抵著太陽穴，食指和中指夾住鉛筆。我已經把當天的廣告紙都用完了，卻絲毫沒有進展。

「根本不一樣。博士解答數學的時候，不像媽媽那樣自言自語，也不會剪分叉的頭髮。雖然他的身體坐在那裡，但心早就飛到遙遠的地方了。」根號說道。

「我當然知道。媽媽到底是爲誰辛苦？不要整天看棒球的書了，過來和我一起動動腦筋。」

「我活在這世上的時間只有媽媽的三分之一，怎麼可能想得出來。」

「居然還會說分數耶，進步不小喔。多虧了博士。」

「還好啦。」

根號探頭看著廣告紙背面，煞有介事點了點頭。

「應該有點眉目了吧。」

「眞是不負責任的安慰。」

「有安慰總比不安慰好吧？」

根號又埋頭看棒球書。

以前，被雇主欺侮得掉眼淚時（栽贓我偷東西，或是當著我的面把飯菜倒進垃圾筒，或是罵我笨蛋），年幼的根號經常安慰我。

「媽媽是美女，所以沒關係。」

他的語氣堅定。對他來說，這是最頂級的安慰。

「是嗎？媽媽是美女喔……」

「當然是。你自己不知道嗎？」

根號故意裝出很驚訝的樣子，然後再度安慰我：「所以沒關係。因爲你是美女嘛。」

有時候，雖然不至於難過得想哭，但爲了博取根號的安慰，故意在他面前裝哭。他總是配合我，裝出上當的樣子。

「我有個想法……」根號突然說道。

「1到10中，只有10這個數字不太合群。」

「爲什麼?」

「因爲，只有10是二位數。」

他說的一點都沒錯。我試過很多種數字的分類方法，但從來沒注意到這個性質與眾不同的數字。

我重新看著十個數字，太懊惱自己爲什麼一直沒注意到這一點，覺得10這個數字特別礙眼：只有10這個數字無法一筆寫完。

「如果沒有10，就能決定中間的位置，心裡就爽快多了。」

「什麼中間的位置?」

「上次你沒來參加教學觀摩，所以不知道。還是我最拿手的體育課呢。上體育課時，老師命令『各排，向中間靠攏』時，每一排最中間的人就會舉起手，整隊的人向他靠攏。9個人一排，第5個人就是最中間；但如果10個人一排就傷腦筋了。多一個人，就決定不了中間的位置。」

我把10寫在角落，1到9寫成一排，並在5上畫了圈。

毫無疑問，5成爲這幾個數字的中心。前面有4個數字，後面也有4個數字追隨著。5昂首挺胸，自豪地向空中伸出雙手，似乎向世人宣告自己才是正確的目標。

那一刻，是我有生以來第一次體會到不可思議的一刻。在被無情踐踏的沙漠中，隨著一陣輕風吹來，眼前出現了一條筆直的道路。道路的前方閃閃發光，引導著我前進。那是一種令人情不自禁踏出那一步使自己浸淫其中的光芒，我知道我正接受著名為「靈感」的祝福。

四月二十四日，星期五，阪神虎隊對龍隊那一天，收音機從電器行拿回來了。我們把收音機放在飯桌中央，三個人豎直耳朵。根號轉動調幅器，雜音中傳出棒球的實況轉播。雖然聲音微弱得好像經歷了漫長的旅途、好不容易才能夠到達一樣，卻是如假包換的棒球實況轉播。這是我開始上工後第一次把外界的呼吸帶入偏屋。三個人都情不自禁「哇噢——」叫了出來。

「我不知道這台收音機還能聽棒球……」博士說道。

「當然行呀。不管哪一種收音機都能聽。」

「這是以前我哥哥買給我聽英語的，我還以為只能聽英語呢！」

「那你從來沒在聽轉播的時候為阪神虎隊加過油嗎？」根號問道。

「嗯，對，沒有。你也知道，我家裡沒電視。老實說……」

博士吞吞吐吐坦白道：「我也從來沒看過棒球比賽。」

「眞是難以相信。」根號肆無忌憚地大聲驚叫起來。

「但你不要誤會，我知道棒球的規則。」

博士似乎想要爲自己辯解，卻仍然無法平息根號的驚訝。

「那你怎麼會成爲阪神虎隊的球迷？」

「當然行，而且還是一級的阪神虎隊球迷。我都利用大學的午休時間去圖書館，看報紙的運動版。並不是光看而已。棒球是最能夠以豐富數字表現的運動項目。我會分析阪神虎選手的打擊率和防守率，讀到０．００１的變化，在腦海中想像比賽過程。」

「這樣好玩嗎？」

「當然。即使沒有收音機，我的腦海裡鉅細靡遺記錄著一九六七年、新手江夏以十個三振從鯉魚隊手上贏得職棒生涯的首場比賽，還有一九七三年那一場親自打出再見全壘打、並在延長賽中達成完投的比賽。」

這時，廣播的解說員報告阪神虎隊的先發投手是葛西。

「這一季，江夏什麼時候出場？」

聽到博士的問話，根號不慌不忙，也沒向我求助，以極自然的態度答道：

「按順序的話，應該還有一陣子吧。」

我對根號如此成熟的表現感到驚訝。我們私下約定，江夏的事要瞞博士到底。即使是善意的謊言，說謊畢竟還是令人感到痛苦，更何況是對博士說謊。雖然是顧及他的病情，但我們無法確信這樣的做法是否真的對他比較好，也因此更令人痛苦。

然而，我們更無法忍受讓博士再度受到打擊。

根號說：「媽媽，就當作江夏坐在選手席上吧，就當作他在練習區練投球。」

根號不知江夏活躍球場的情況，就去圖書館查資料，蒐集了所有關於他的資訊。江夏的總成績是勝投２０６場，敗投１５８場，１９３場救援，三振了２９８７位球員；在加入職棒的第２次上場時就打出全壘打。江夏雖然是投手，但手指很短；他的競爭對手王貞治對他打出的全壘打數最多，但他也是三振王貞治次數最多的投手，而且從來沒有對王貞治投過觸身球。在一九六八年的球季，他三振了４０１位選手，打破了世界紀錄。一九七五年（也就是博士記憶停止的那一年）球季結束後，就轉到南海鯉魚隊……

可能根號希望和博士分享相同的記憶，也希望在收音機傳來的歡呼聲中更清晰想像江夏的身影，在我和那道習題搏鬥的同時，根號也以自己的方式解決了江夏問題。我翻開根號從圖書館借來的《職棒名選手圖鑑》，發現了一個驚人的數字。江夏的球員號碼是28。從大阪學院畢業，進入球團時，在球團提供的三個號碼1、13、28中，他選擇了28。江夏是一位背負著完全數的選手。

那天晚上，吃完晚飯後，我們舉行了習題解答發表會。博士坐在飯桌前，我和根號分別拿著寫生簿和麥克筆站在桌前，先向博士一鞠躬。

「博士出的習題是這樣的。就是1到10的數字相加，總共是多少……」

根號表現出少有的認眞態度，乾咳了一聲，然後按照前一天晚上商量好的，在我拿著的寫生簿上橫向寫下1到9的數字，把10寫在稍遠的角落。

「答案已經知道了，是55。是我用加法算出來的。但博士對我的答案並不滿意。」

博士雙手抱在胸前，認眞傾聽，似乎怕漏聽一句話。

「先考慮加到9爲止的情況，暫時把10忘記一下。1到9的中間剛好是5。也就是說，5是……嗯，那個……」

「平均值。」

我小聲提醒根號。

「啊，對，是平均值。學校還沒教平均值的計算方法，所以媽媽教了我。把

1加到9，再除以9，就等於5……5×9＝45，這就是1加到9的和。再加上剛才暫時忘記的10就行了。」

5×9＋10＝55

根號拿好麥克筆，寫下算式。

有好一陣子，博士一動也不動，雙手抱在胸前不發一語，凝視算式。

到頭來，我的靈感只不過是幼稚的笑話。從一開始就應該知道是這麼回事。無論再怎麼全神貫注投入，這些貧瘠的腦細胞能榨出什麼好東西呢？想要靠這些東西博取數學家的歡心，未免太不知天高地厚了……

這時，博士突然站了起來，用力鼓掌。多麼有力而又溫馨的掌聲，即使是證明出費瑪定律的人也得不到這等稱讚。掌聲響遍整個屋子，久久沒有停息。

「你太棒了。好美的算式。太棒了，根號。」

博士用力抱緊根號。根號的身體幾乎被壓扁了。

「眞是太棒了。我沒想到你能寫出這麼棒的算式……」

「好，我知道了，博士，可以了。我沒辦法呼吸了。」

根號的嘴巴被西裝堵住了，說起話來含糊不清，博士根本沒聽到。

他似乎覺得再多的稱讚都不夠，必須讓眼前這個頭頂平平的、削瘦的少年知道，自己創造的算式有多麼優美。

其實，眞正的創造者並不是根號，而是我；在獨享稱讚的根號旁，我心中思忖，頓時感到自豪，已經忘記了前一分鐘還少了一份自信，還在心裡鬧彆扭。我又看了寫生簿一眼，看著根號寫的那一行算式。

$$5 \times 9 + 10 = 55$$

這時，即使我不曾好好學過數學，也知道使用符號能使算式看起來更高尚。

$$\frac{n(n-1)}{2} + n$$

我終於完成了。

與曾經陷入的混沌狀態相比，好不容易到達解決的境地竟是如此清新，彷彿從荒野的洞窟中找到了水晶碎片，而且沒人能夠傷害水晶，也沒人能夠加以否定。雖然博士沒稱讚我，但我自誇了一番，不禁竊笑起來。

博士終於放開了根號。我們就像在數論學會上發表完論文的數學家一樣，充滿自豪和感謝，深深鞠了一躬，回報博士的鼓掌。

那天，虎隊以2比3輸給了龍隊。雖然和田的三壘安打先得了2分，但立刻被對方連續幾支全壘打追上，反勝爲敗。

4

在這個世界上，質數是博士的最愛。雖然我也知道質數的存在，但我從來沒想到可以成爲愛的對象。雖然是個古怪的對象，博士愛的方式卻很正統：疼惜對方，無私地爲對方奉獻，抱著一份敬愛，時而愛撫，時而跪在一旁呵護，隨時陪伴在一旁。

無論在書房的書桌旁，或是在飯桌旁，博士告訴我和根號有關數學的話題中，質數出現的頻率最高。剛開始，我實在無法理解這些只能被1和自己除盡的頑固數字到底有什麼魅力。但博士談論質數的態度太專心一志，我也不知不覺受到感染，慢慢地，我們之間產生了某種共同感。質數變成有形的形體，在心中慢慢浮現。雖然三個人對質數的感覺應該各不相同，但只要博士一說到質數，就會四目相接，彼此心領神會。就好像想到奶油糖，嘴裡就會覺得甜甜的一樣。

對我們三個人而言，傍晚是最寶貴的時光。早晨，在被當成陌生人進門後，到了傍晚已經相當程度地緩和了博士的緊張。一到傍晚，根號一來，整個房間充滿他天眞的聲音。可能是因爲這樣，在我的記憶中，博士的臉上總是曬滿夕陽。

博士談到質數時，也經常重複說相同的內容。當然，這也是無可奈何的事，然而我和根號約定，絕不能對博士說「您已經說過了」這句話。這是很重要的約定，和在江夏的事上騙他到底的決定一樣重要。即使聽到耳朵生繭，也要努力認眞聽。博士努力對待數論學家般，和如此幼稚的我們相處，根號和我必須有所回報。最重要的是，我們不想讓他混亂。無論是怎樣的混亂，都會讓博士感到悲哀。只要我們不說，博士就不知道自己失去了什麼，就好像什麼也沒有失去一樣。想到這裡，就覺得不說「您已經說過了」是多麼容易做到的約定。

實際上，博士談論數學時幾乎不曾讓我們有過「煩」的經驗。即使同樣談論質數（證明是否有無數個質數，怎樣使用質數做暗號，巨大質數、雙胞胎質數、莫仙尼質數等等），只要稍微改變一下結構，就會發現自己的錯覺，或是進而有新的發現。只要天氣和聲調稍有不同，投射在質數上的光的顏色就會變化。

我認爲質數的魅力在於無法說明它出現的秩序。每一個質數都沒有因數，隨意出現在數列中。雖然數字越大就不容易找到質數，卻無法根據一定的規則預測質數的出現。這種惱人的反覆無常，使追求完美的博士完全拜倒在它的石榴裙下。

「我們來寫100以內的質數。」

博士用根號的鉛筆在數學習題的後面寫出了一大串數字。

2、**3**、**5**、**7**、**11**、**13**、**17**、**19**、**23**、**29**、**31**、**37**、**41**、**43**、**47**、**53**、**59**、**61**、**67**、**71**、**73**、**79**、**83**、**89**、**97**

無論在任何情況下，博士的手總能寫出綿綿不絕的數字，令我啞口無言。我實在無法想像，這雙不停顫抖的垂老的手，連微波爐的按鈕都不會按，爲什麼能有條不紊地統率無數種類的數字？

我也很喜歡他用4B鉛筆寫下的數字。4帶有過度的弧度，看起來就像是緞帶打的結；5略向前傾，好像馬上就要跌倒一樣。雖然每一個數字都寫得不夠端正，卻有一種特別的味道。博士從第一次遇見數字開始，和數字之間建立的友情都充分反映在每一個數字的形狀上。

「你覺得怎麼樣？」

從抽象的問題開始切入，是博士特有的方式。

「這些數字七零八落的。」

通常都是根號搶先回答。

「只有2是偶數。」

根號好像很容易發現與眾不同的數字。

「你說的一點都沒錯。所有質數中，只有2是偶數。這位質數號碼的第一位打者，獨自站在無數質數的最前面帶領隊伍前進。」

「不知道它會不會覺得寂寞。」

「不，不用擔心。如果感到寂寞，就會稍微離開質數的世界。只要來到偶數的世界，就有很多朋友。所以沒關係。」

「像17、19，還有41、43都是連續兩個奇數的質數。」

我不落人後地發表意見。

「對，你說得很好。這是雙胞胎質數。」

平時熟悉的語彙一旦出現在數學中，爲什麼聽起來就特別浪漫？無論友誼數還是雙胞胎質數，不僅表達出精確的含意，更有一種好像從詩句中節錄出來般的羞澀。對概念的理解頓時變得鮮明，數字和數字似乎彼此相擁，或是穿著相同的衣服，手牽著手並排站著。

「數字越大，質數的間隔也越長，也越不容易發現雙胞胎質數。就好像無法瞭解質數是否有無數個一樣，目前也無從瞭解雙胞胎質數是否有無數個。」

博士用鉛筆將雙胞胎質數圈了起來。上博士的課時，他絲毫不會掩飾他不知道的東西，這也是另一件讓我感到不可思議的事。不知道並不可恥，而是走向新的眞理的路標。博士認爲，瞭解尚有某些未經研究的猜想，和教我們已經得到證明的眞理同樣重要。

「既然數字是無窮的，也一定有無窮個雙胞胎質數。」

「對啊。根號的想法很有道理。但在一百以後，當數字變成一萬、一百萬或一千萬，就可能在完全沒有質數出現的沙漠地帶迷路。」

「沙漠？」

「對。無論再怎麼走，也看不到質數。放眼望去，四周都是沙漠。太陽無情照射，喉嚨乾渴，睜不開眼，眼前一片矇矓。以爲『啊，是質數』，走近一看，卻是海市蜃樓。伸出雙手，只抓到一片熱風，仍然不肯輕言放棄，一步一步向前走。直到在地平線的那一端，找到有著一大片清澈的水，名爲質數的綠洲。」

夕陽把我們的腳拉得長長的。根號用鉛筆描著，把雙胞胎質數圈起來。廚房的電子鍋飄來一陣飯香。博士看著窗外，視線似乎穿越了沙漠，然而，窗外只有一個不起眼的、誰都不屑一顧的小院子。

相反的，這個世界上，博士最痛恨的就是擁擠的人群。這也正是他不想外出的理由。車站、電車、百貨公司、電影院、地下街，處處人滿爲患，也因此讓博士敬而遠之。各種煩雜的人群偶然聚集在一起，擠成一團，毫無秩序慢慢蠕動的樣子，和數學品味所追求的美有著天壤之別。

博士隨時需要安靜，但這種安靜並不一定代表悄然無聲。即使根號在走廊上跑來跑去，或是收音機開得很大聲，也不會影響博士的安靜。博士所追求的安靜在他的內心裏，是外界的聲音無法到達的境地。

當博士解答出數學雜誌的懸賞問題，謄寫在報告紙上，在寄出前重新審核一遍，他經常對自己的解答感到萬分滿足，情不自禁歎道：「啊，好安靜。」

找到正確答案時，他並非感到喜悅，也不是解放，而是一份安靜。所有的東西都回歸應有的位置，不需要增減，自古以來一直如此，從今以後也將永遠如此；博士對此充滿堅定的信心，也深深愛著這種狀態。

因此，對博士而言，「安靜」這兩個字也是至高的稱讚。有時候，他會坐在飯桌旁，看我在廚房做菜，每當做餃子時，就能感受到他充滿驚訝的視線。把水餃皮攤在掌心，放上餡料，捏四個摺，包起來，排在盤子上。只是重複這麼簡單的動作，他卻百看不厭，瞪大了眼睛，看著我完成最後一個。由於他的神情太認眞了，還不時發出感嘆的嘆息，我覺得太好笑了，費了九牛二虎之力，才沒有笑出聲來。

「好了，做好了。」

我拿起一整盤井然有序的餃子，博士雙手靠在飯桌上，深受感動，點著頭說：「啊，多安靜。」

黃金週結束後的五月六日，我終於瞭解，當眼前的狀況無法用某一個定理統一，或是事態無法保持安靜時，令博士感到多大的恐懼。那天，根號不小心被刀子割到手。

週六到週二連續四天休假後第一天上工的早晨，我一到偏屋，就發現洗臉台漏水，水一直流到走廊上。我一下子打電話去自來水公司，一下子叫人來修理，的確忙得團團轉。或許因爲連續休息了好幾天的關係，博士表現出比平時更頑固的疏遠態度，即使我指著紙條表明自己的身分，他的反應仍然很遲鈍，一直到傍晚仍然無法進入狀況。可能是博士感受到我的急躁，才成爲令根號受傷的間接原因，所以這件事還是不能怪博士。

根號下課回家後不久，我發現沙拉油用完了，不得不跑出去買。老實說，把博士和根號兩個人留在家裡，我內心有些許的不安。所以，臨出門前，我偷偷貼近根號的耳朵叮嚀。

「有沒有關係啊？」

「什麼事嘛？」

根號有點不太高興。

我也說不清楚到底有什麼不安。難道是第六感？不，並不是這樣。從現實的角度，我很擔心博士是否能勝任保護者的角色。

「我很快就回來。這是第一次讓你和博士單獨留在家裡，不知道有沒有關係？」

「沒事，沒事。」

根號根本不理我，衝進書房，請博士幫忙檢查作業。

約二十分鐘後，我買完東西回家，一推開門，立刻發現情況不妙。博士抱著根號坐在廚房的地上，發出一種說不上是嗚咽還是呻吟的聲音。

「根號他……根號他……啊……不得了……」

博士深受打擊，連話都說不出來。他越是想說明事情的原委，嘴唇越是拚命顫抖，額頭上滿是汗水，牙齒發出咯答咯答的打戰聲。我拉開他緊抱著根號的雙手，才把兩個人分開。

根號並沒有哭，乖巧地不發一語，似乎祈禱博士的慌亂能立刻平息，也或者擔心我責罵。兩個人的衣服上都沾了血跡，我看到根號的左手受了傷，但立刻察覺傷勢並不像博士擔心的那麼嚴重。血已經開始凝固，而且根號並不覺得痛。我抓著他的手，用自來水沖洗傷口後，叫他自己用毛巾壓住傷口。

博士一直坐在地上，一動也不動，雙手僵硬，還維持著抱著根號時的姿態。我立刻決定，在處理根號的傷口前，必須先讓博士平靜下來。

「沒關係。」

我輕撫他的背，用極其平靜的聲音說道。

「爲什麼發生這麼可怕的事……那麼可愛、那麼聰明的孩子……」

「只是稍微割傷了，男孩子常常受傷。」

「都是我不好。根號沒有錯。他怕我擔心……都沒有告訴我……一個人忍耐……」

「誰都沒有錯。」

「不，是我的錯。我想要幫他止血，請你相信我。但是……血還是一直流，一直流……根號的臉色慘白……我很擔心他的呼吸會停止……」

博士雙手捂住滿是汗水、鼻水和淚水的臉。

「不用擔心。根號活得好好的。你看，他有在呼吸啊。」

我撫摸著博士的背。博士的背很寬，有點出乎我的意料。

從他們沒有重點的話中，我大致瞭解到，根號寫完作業後，在切蘋果時，不小心切到大拇指和食指中間。博士說是他想要吃蘋果，根號卻說是自己要去切的。事情發生後，根號想要自己處理卻找不到OK繃，血又一直流個不停。正當他不知所措時，被博士發現了。

很不湊巧的是，附近的醫院都已經結束門診，只撥通了車站另一側的小兒科診所的電話，對方答應爲我們治療。博士在我的攙扶下才站起來，擦了把臉，但之後的積極投入簡直令人刮目相看。雖然我告訴他根號並不是腳受傷，但他執意背著根號一路跑去診所，我反而擔心一個顚簸會讓傷口綻開。雖然根號是個小孩子，但對很少運動的博士來說，要背著近三十公斤的小學生應該不是一件輕鬆的事，他表現出的強壯卻出人意料，用我前一刻撫摸的背背起根號，有力的雙腳輪流踩在地面，穿上發黴的皮鞋不停跑向醫院。根號用阪神虎隊的帽子遮住了臉，一直低著頭，並不是因爲傷口疼痛，而是覺得被過往行人看到很糗。一到診所，博士可能覺得自己背著的是瀕臨死亡的病人，用力拍打上鎖的大門。

「拜託。請趕快開門。小孩子很難受，請你們救救他。拜託了。」

傷口只縫了兩針。根號被帶去檢查肌腱有沒有受傷，我和博士坐在昏暗的走廊等待。診所很舊，光坐在那裡就讓人覺得透不過氣。屋頂已經發黑，拖鞋沾滿污垢，穿起來黏答答的，貼在牆上的斷乳食指導和預防接種的宣導單已經泛黃，只有X光室發出微弱的燈光。雖然只是以防萬一的檢查，但根號一直沒有出來。

「你知不知道三角數？」

博士指著X光室門上用來表示放射線的三角圖形問我。

「不知道。」

我回答道。博士之所以又談起數字，代表他雖然表面上看似恢復了平靜，但內心仍然充滿不安。

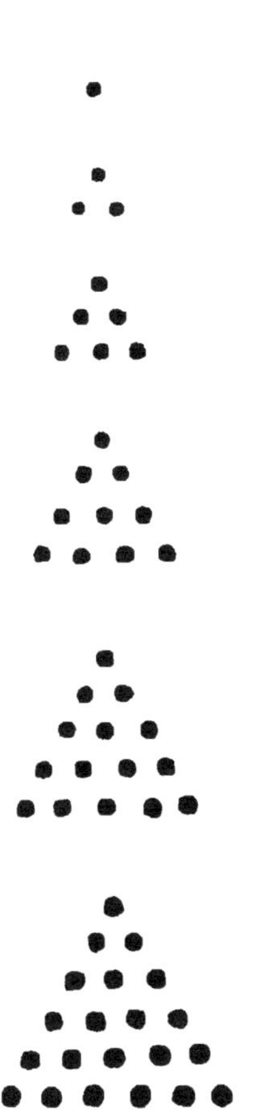

博士在從掛號處拿來的病歷資料的背面，畫出用黑點表示的三角形。

「怎麼樣？」

「嗯，這個嘛……好像是很細心的人堆起的木柴……又像是黑豆排列的……」

「對，細心是重點。第一層放一個，第二層放兩個，第三層放三個……用這種最簡單的方式擺出一個三角形。」

我看著這個三角形。博士的手微微顫抖。昏暗中，黑點似乎浮出紙面。

「每個三角形中的黑點數分別是1、3、6、10、15、21。用算式表示，就是

1

1+2 = 3

1+2+3 = 6

1+2+3+4 = 10

1+2+3+4+5 = 15

1+2+3+4+5+6 = 21

「也就是說，不管它願不願意，三角數代表了從1到某個數目爲止的正整數的和。將同樣的兩個三角形放在一起，就會發揮更大的作用。畫太多黑點太累了，我們來試試第四個三角數的10。」

天氣並不冷，但博士的手抖得越來越嚴重，黑點變成了橢圓形，大大小小的。他很努力將神經集中在鉛筆尖。西裝上每張紙條都染上了血，很難看清上面寫了些什麼。

「好了嗎？仔細看。將兩個第四個三角形放在一起，就變成了橫向有四個，縱向有五個黑點的長方形。在這個長方形中，黑點共有 4 × 5 = 20。瞭解嗎？如果再分成二半，就等於 20 ÷ 2 = 10，等於是1到4的正整數和。也可以從長方形的各行著手。

1	2	3	4
+	+	+	+
4	3	2	1
5	5	5	5

「只要使用這種方法，就能利用第10個三角數，算出1到10的正整數和。也可以立刻算出第１００個三角數。

「如果是1到10的正整數和，就是：

$$\frac{10\times 11}{2}=55$$

「1到１００就是：

$$\frac{100\times 101}{2}=5050$$

「1到１０００就是：

$$\frac{1000\times 1001}{2}=500500$$

「1到１００００就是……」

我發現博士在哭。鉛筆從他的手上滑落，滾到他的腳旁。雖然這是我第一次看到博士流淚，卻有一種錯覺，好像曾經不止一次看過眼前的情景。彷彿在很久很久以前，我就曾經面對他柔弱的哭泣，不知所措，一動不動看著。我按著他的手。

「瞭解嗎？這樣就能計算出正整數的和。」

「應該瞭解了。」

「只要把黑豆排成三角形，就能算出來了。」

「對，我知道。」

「你眞的能理解我說的話嗎？」

「沒問題，不用擔心。三角數那麼美，請您不要哭了。」我說道。

這時，根號從診察室走了出來。

「你們看，完全沒問題。」

根號故意用力搖了搖繃帶包著的左手。

拜這場意外的騷動所賜，我們只好在外面解決晚餐。走出診所，三個人都飢腸轆轆。因爲博士不喜歡人群，我們在站前的商店街找了一家生意最差的店，吃了咖哩飯。選擇這家店，只是因爲沒什麼客人，東西一點都不好吃，但很少在外面吃飯的根號興致勃勃，對那麼一丁點的傷口卻包了一堆誇張的繃帶也很滿足，可能覺得自己像英勇負傷的英雄。

他還很威風地宣告：「有好長一段時間，我都不用幫媽媽洗碗，也可以不洗澡了。」

回家的路上，博士仍然背著根號回家。夜已深，根號把帽簷拉了起來，乖乖讓博士背著，可能是路上幾乎沒什麼行人，也可能是顧慮到博士的一番好意。路燈照在梧桐樹上，一輪殘缺的月亮高高掛在天上。夜風徐徐吹來，肚子塡飽了，根號的左手也沒有問題，光是這樣就讓我覺得太滿足了。博士和我的腳步整齊，根號的球鞋在眼前晃來晃去。

告別博士後，一回到家，根號的心情突然變得很不好，立刻走回自己的房間，打開收音機；我叫他脫下血弄髒的衣服，他也置之不理。

「阪神虎隊輸了嗎？」

根號坐在書桌前，瞪著收音機。今天的對手是巨人隊。

「昨天也輸了。」

還是沒回答。播音員報告第九局的上半場已經結束了，兩隊分別由仲田和桑田擔任投手，目前的比數是二比二。

「傷口痛嗎？」

根號咬著嘴唇，視線沒離開收音機的擴音器。

「如果痛的話，要趕快吃醫生開的藥。我去倒水。」

「不要。」

他終於說了一句話。

「最好不要忍耐，萬一化膿就不好了。」

「我說不要就是不要。一點都不痛。」

根號握緊包著繃帶的左手，在書桌上捶了兩、三次，右手遮掩差點奪眶而出的淚水。很顯然，他的不高興和阪神虎隊無關。

「爲什麼要這樣？傷口才縫好，萬一出血怎麼辦？」

再也忍不住的淚水滑落在他臉頰上。我想看繃帶上有沒有血，被他撥開了。收音機傳來一陣歡聲，二人出局後，有人打出了一支安打。

「你不高興媽媽一個人出去買東西，把你一個人留在那裡嗎？還是爲自己連刀子都用不好感到很懊惱？或是因爲在博士面前出了差錯，覺得很糗？」

再度的沉默。輪到龜山上場。

「無法抵擋桑田的球威……兩次上場都被三振了……可能這次會投直球吧……桑田投出了第一球……」

實況轉播幾乎被甲子園的歡聲淹沒了，根號卻聽不到。他不發一語，身體一動也不動，只是默默流淚。

今天到底是什麼日子？一天之內，有兩個男人在我面前流淚。至今爲止，我曾經目睹過根號無數次的哭泣。想吃奶時的哭、想要抱抱的哭、發脾氣的哭、外婆過世時的哭。況且，他根本是哭著來到這個世界。

這次卻和以前的哭不一樣。雖然我伸出了手，他卻在我遙不可及的地方流著淚。

「難道，你氣博士沒有好好幫你止血？」

根號目不轉睛看著我，用一種幾乎聽不出他在哭的平靜口吻說：「是因爲媽媽不相信博士。只要媽媽有一點點懷疑博士可能沒辦法照顧我，我就不能原諒。」

龜山的第二球打到右外野中央。和田從一壘跑回本壘得分，結束了球賽。播音員大叫起來，歡聲雷動，淹沒了我們。

第二天，我和博士一起重寫身上的紙條。

「爲什麼有這麼多血？」

博士滿臉狐疑，看著自己的身體。

「根號，我的兒子不小心切到自己的手，但傷得不嚴重。」

「你的小孩？啊，這可不行。看這樣子，應該流了不少血吧。」

「不，多虧博士您的幫忙，才沒釀成大禍。」

「眞的嗎？我幫忙了嗎？」

「當然。您幫了大忙，連您身上的紙條都變成這樣了。」

我從博士的西裝上一張一張拿下紙條。這些紙條掩蓋了博士的身體，一直拿，一直拿，博士身上的紙條卻仍然沒有減少的樣子。大部分都是關於數學的內容，我根本看不懂是什麼意思。除了數學以外，只有絕無僅有的幾件事值得博士記憶。

「您不僅救了根號，還在醫院的候診室教了我一件很重要的事。」

「什麼重要的事？」

「三角數。您教了我求1到10的正整數和的公式，這是我們一輩子想不到的公式，是非常崇高的公式。讓人情不自禁閉起雙眼，想要爲它祈禱的……啊，先從這裡開始吧。」

我遞上那張最重要的紙條——「我的記憶容量只有80分鐘」。博士在一張新的紙上，重新寫下了這行字。

「我的記憶容量只有80分鐘。」然後，用一種只有他自己聽得到的聲音讀了一遍。

5

雖然我不知道和數學有沒有關係，但博士有某些奇特的能力。他能立刻將話倒過來說。

有一次，根號正為寫對稱句的國語作業傷透腦筋。

「句子倒過來念，當然變得莫名其妙。什麼『竹林燒掉了』，誰會說這種話？而且，我從來沒看過竹林被火燒掉。博士，對不對？」

「了掉燒林竹。」

博士嘀咕著。

「博士，你在說什麼？」

「麼什說在你士博。」

「喂，喂，你怎麼了？」

「了麼怎你喂喂。」

「媽媽，不好了。博士的腦子出問題了。」

根號慌忙向我求助。

「根號說的沒錯。句子倒過來念的話，大家的腦子都會出問題。」

博士一臉若無其事。

我問博士爲什麼他會這種特殊才藝，但似乎連他自己也不知道。既沒有經過訓練，也沒有特別費神，幾乎是在無意識的情況下做到的，所以，一直以來，他以爲每個人都具備這種能力。

「沒這回事。我連三個字倒過來念也會念錯。這是金氏世界紀錄級的才藝，您可以去參加世界奇人秀的表演。」

「演表的秀人奇界世加參去以可您。」

博士絲毫沒有高興的神情，一害羞，倒過來念得更順口了。我唯一知道的是，博士並不是將字在腦海中一一排好再倒過來念。重要的是節奏，似乎只要發揮絕對的音感，用耳朵抓住句子的節奏，就很容易倒過來念。

「比方說……」博士說道，「出現數學靈感時，也不是一開始就有算式浮現出來。先是一種數學的感覺，雖然輪廓很抽象，卻能明確抓住那種感覺。我想，可能和這種情況很類似吧。」

「能不能再試試看？」

根號早把功課拋到九霄雲外，對博士的特技著了迷。

「來，第一句是，嗯……阪神老虎隊。」

「隊虎老神阪。」

「課間操。」

「操間課。」

「今天的營養午餐吃炸雞排。」

「排雞炸吃餐午養營的天今。」

「友誼數。」

「數誼友。」

「我在動物園畫犰狳。」

「狳犰畫園物動在我。」

「江夏豐。」

「豐夏江。」

「江夏倒過來念時，好像一下子變成很菜的投手了。」

根號和我輪流出題。剛開始，根號還寫在筆記本上，確定博士說的對不對，後來發現博士絕對不會錯，就覺得寫下來太麻煩了，也就不再一一確認。我們一說完，博士就立刻說出正確答案，連一秒都沒有停頓。

「博士，你好厲害。太厲害了。你應該多自誇一下。你竟然一直沒告訴我們你有這麼厲害的本事，好詐喔。」

「自誇什麼？你不要開玩笑了，根號。這有什麼好自誇的，就因爲我能把江夏豐倒過來說成豐夏江嗎？」

「當然啦。這就能讓大家驚訝，讓大家興奮，讓大家高興啊。」

博士靦腆低著頭，小聲說了「謝謝」，手放在根號平坦的頭頂上——好像專門給別人放手的平坦頭頂上。

「我的能力對世人沒有任何幫助，沒有人需要這種特技。只要能夠被根號稱讚，我就很滿足了。」

博士爲根號的國語作業想出了「冷凍廁所」（譯注：在日文中，「冷凍廁所」無論正念或倒念，發音都相同）的答案。

博士還有一種才能，就是能比任何人更早發現第一顆星。我想，在這個即將迎接夜晚的世界，沒有人能像他那樣敏感地找到第一顆星。

「啊。」

離傍晚還有一段時間，太陽還高高掛在天空，博士躺在安樂椅上叫了一聲。

我想反正又是他在自言自語，沒有搭理。

「啊。」

博士又叫了一聲，慢慢抬起手，指著玻璃窗外的天空。

「第一顆星。」

雖然他的語氣並不像是在告訴別人，但既然他特地指著，我就放下了廚房的工作，順著博士手指的方向望去。然而，那裡只是一片天空。

一定又是什麼數學幻想，我在心裡嘀咕。

他好像聽到似地回答說：「你看，在那裡。」

他的食指布滿皺紋，指甲髒髒的。我眨了眨眼睛，定睛望去，除了雲彩以外，什麼都看不到。

「現在時間還早，星星還沒有出來吧。」我委婉說道。

「第一顆星星已經出來了，就快要晚上了。」

博士自言自語說完後，放下手，又打起瞌睡。

我不瞭解指出第一顆星對他有什麼意義。可能是在放鬆疲憊的神經，也可能只是習慣而已。我實在搞不懂，平時他連面前放了幾道菜都不曾注意，爲什麼能這麼快就發現第一顆星？

總之，他用蒼老的手指指出了遼闊無際的天空中的某一點；於是，讓別人無法分辨的、天空中獨一無二的這一點，便產生了特別的意義。

根號的傷恢復得很快，但他的不悅似乎沒有消滅。和博士在一起時，他像往常一樣天眞無邪；和我獨處，則一下子變得沉默，問他話也愛理不理。繃帶已經沒有原來那麼潔白，蒙上一層淡淡的灰色。

「對不起。」

我跪坐在他的面前，向他道歉。

「媽媽錯了。即使只有一秒鐘不相信博士，也是很可恥的行爲。我向你道歉，我會反省。」

原以爲他不會理我，他卻乖乖看著我，坐直身體，低著頭，摸著繃帶綁起的結，說：「好，我知道了。但我絕對不會忘記我受傷那天的事。」

我們握手言和了。

雖然只縫了兩針，但在根號長大後，那傷痕還一直留在他的手上，一直刻在他左手的大拇指和食指中間，似乎證明那天博士曾經多麼爲根號擔心；也似乎見證根號像約定的那樣，一直沒忘記博士。

有一天，我整理書房的書架時，在最下面一格，發現了一個被一大堆數學書壓扁的餅乾盒。

我輕輕打開生鏽的蓋子。原以爲會看到一堆長滿黴菌的餅乾，卻意外發現是一堆棒球卡。

這些棒球卡應該超過一百張，將四十公分見方的餅乾盒塞得滿滿的，沒有一絲空隙，連想要伸進手指拿出一張都很難。

一眼就能看出卡片的主人有多珍惜這些收藏品。每一張都裝在透明封套裡，沒有一枚指紋，卡片的角落也沒磨損或折到。每一張排列得整整齊齊，由寫有「投手」、「二壘手」、「左外野手」的厚紙卡將這些棒球卡按球員的位置加以分類，並在各項目，根據名字的五十音順序加以排列。每一張都是阪神隊的選手。無論我抽出哪一張來看，每一張都像新的一樣。我想，即使再認眞的圖書館管理員也沒辦法將這些棒球卡分類得這麼仔細。

然而，即使每一張都像新的一樣，卡片內容卻年代久遠，照片大多是黑白的。像是「現代牛若丸（譯注：牛若丸是平安時代武將源義經的幼名）　吉田義男」、「查托沛克技巧（譯注：查托沛克是奧運風雲人物，也是現代長跑之父）村山實」之類的我還知道，但「七色魔球　若林忠志」或是「豪爽無比　景浦將」之類的就只能舉手投降了。

只有江夏豐與眾不同，只有他不是按球員位置分類，而是用「江夏豐」的厚紙區隔出專屬區域。

而且，其他選手的透明封套都是玻璃紙做的，只有江夏的透明封套是牢固的塑膠封套，彷彿得以抵抗來自外界的所有刺激。這些塑膠套感受到主人的意志，球卡一旦收進，就不再被手指的油污弄髒。

同樣是江夏，卻有各種不同種類的棒球卡。卡片上的江夏削瘦精悍，不是我熟悉的那個大腹便便的江夏，而且，每一張都穿著阪神隊的制服。

1948年5月15日，出生於奈良縣。左投左打。179公分，90公斤。1967年就讀大阪學院高中時，以選拔賽第一名的成績進入阪神球隊。第二年，在球季中建立了三振401位選手的新世界紀錄，打破美國大聯盟道奇隊的聖帝·可法克斯保持的382紀錄。在1971年的明星賽（西宮明星賽）中，連續三振了9位選手（其中8位揮棒落空）。1973年，創下完投的紀錄，是個無人能出其右的天才左投手。孤傲的鐵腕左撇子……卡片後面用很小的字記載他的簡歷和紀錄。將棒球手套放在膝蓋上，認眞看著捕手暗號的江夏；即將投球的江夏；放低左手，看著手套的江夏；雙手扠腰站在球場上的江夏；他的制服上，繡著完全數28。

我將棒球卡放了回去，和打開時一樣，輕輕蓋上蓋子。

書架的深處，還有一堆積滿灰塵的筆記本。從紙張和墨水的褪色情況來看，這些筆記本的資歷完全不輸給那些棒球卡。三十幾本筆記本長年壓在書底下，綁著的繩子鬆開了，筆記本的封面都翹了起來。

翻了一頁又一頁，映入眼簾的盡是數字、符號和英文字母。時而出現奇怪的幾何圖案，時而又是拋物線和圖表。我立刻認出是博士的筆跡，雖然當時的筆跡比現在年輕，也更有力，但4還是像快要鬆掉的蝴蝶結，5好像快絆倒般前傾。

無論基於任何理由，偷窺雇主的私人物品都是管家最可恥的行爲，但這些筆記本實在太美了，令我欲罷不能。那些算式絲毫不在意筆記本上的橫線，隨意地向自己喜歡的方向伸展；以爲幾個算式終究合而爲一了，卻又立刻分道揚鑣。筆記本上塡滿了箭頭、$\sqrt{}$或是Σ，以及各種符號，不時有用筆塗掉的痕跡，即使有些地方已經被蟲蛀掉了，卻依然美麗。

我看不懂筆記本上到底寫什麼，也無法分享一絲隱藏在這些筆記本中的祕密。然而，我希望可以永遠看著這些筆記本。

不知道這裡面有沒有以前博士提過的阿廷猜想？一定有許多關於他最擅長的質數研究。也可能是他獲得學長獎No.284的論文草稿……我以自己的方式，從筆記本中感受良多。鉛筆的線條代表熱情，×的符號代表焦慮，在公式下方用力畫出的兩道橫線則代表確信。這些滿溢的算式引領我走向世界的盡頭。

仔細翻閱，發現有幾頁的角落寫著一些我也看得懂的草字。

解的定義體，需要好好思考

半穩定情況下的缺陷

新的嘗試，無功而返

來得及嗎？

14：00在圖書館前，約了N

雖然字跡潦草，有一半埋沒在算式中，卻比貼在西裝上的紙條更充滿生命力。我所不熟悉的博士曾經在那裡奮戰。

下午兩點，圖書館前到底發生了什麼事？N到底是誰？我默默祈禱，希望這次約會讓博士度過了幸福的時光。

我撫摸筆記本，指尖感受到博士所寫的算式。眾多的算式相互結合，形成一條鐵鏈，長長垂在我的腳底。我一節一節順著鐵鏈向下走。風景從眼前消失，沒有了光線，沒有了聲響，但我毫不畏懼。因為我很瞭解，博士指引的路標不會受到任何東西的影響，永遠正確。

我感受到自己站著的地面是由更深層的世界支撐，也為此感到驚歎。唯有順著數字的鐵鏈前進，才能進入深層的世界，言語似乎已經失去了意義。我分不清自己正邁向深層的世界，還是攀向顛峰。唯一瞭解的是，眞理就在鐵鏈的彼端。

我闔上了最後一本筆記本的最後一頁。鐵鏈突然斷了，把我丟在一片黑暗中。或許再向前一點，就能找到目標，然而，無論我再怎麼睜大眼睛，也找不到能幫助我邁向下一步的數字。

「不好意思，打擾一下。」

洗臉台那裡傳來博士叫我的聲音。

「打擾你的工作，不好意思。」

「來了。」

我把東西放回原位，精神抖擻地回答。

五月領薪水的那天，我買了三張阪神隊球賽的票。球賽的日期是六月二日，對手是廣島隊。阪神隊每年有兩次遠征到我們住的城市，錯過了這一天，下一次還要等很久。

我從來不曾帶根號去看過棒球。回想起來，他只有和外婆去過一次動物園而已，連博物館和電影院都沒去過。自從生了他，我只想著節省，不曾有過增加親子生活樂趣的念頭。

看到收藏在餅乾盒裡的棒球卡，我突然想到，帶著患有重病、整天在數學世界中探索的老人，以及從懂事開始、每天晚上靜靜等待母親歸來的少年去看一場棒球比賽，應該不是什麼大逆不道的事。

老實說，買三張內野指定席的票實在有點貴，再加上上次受傷的醫藥費，著實讓我手頭有點拮据。但錢可以再賺，老人和少年一起快樂看棒球的時間卻所剩不多。如果能夠讓只靠棒球卡想像棒球的博士親眼見識一下汗水濕透的條紋制服、在歡聲中飛馳的全壘打，以及被釘鞋揚起的球場塵土，這是其他管家絕對做不到的。即使在球場上已經看不到江夏的身影。

我覺得這是個絕佳的點子，根號的反應卻出乎我的意料。

「博士可能不會想去……」

根號喃喃說道。

「博士不喜歡熱鬧的場所。」

他的判斷一點都沒錯。那次帶他去理髮店就費盡了千辛萬苦，而且，棒球場絕對不可能有博士深愛的安靜。

「而且，到底要怎麼和他約定？博士怎麼可能有心理準備。」

在博士的問題上，他的洞察力永遠精準得令人訝異。

「……心理準備，嗯……」

「對博士來說，每件事都是突然發生的，不可能事先計畫。他每天都比我們緊張好幾倍。如果突然發生這麼大的事，會把他嚇死。」

「怎麼可能？對，對了。把票貼在他衣服上好了，你覺得怎麼樣？」

「我覺得沒什麼用。」

根號搖了搖頭。

「媽媽你看過他身上的紙條發揮過什麼作用嗎？」

「對喔。但他每天早晨都靠袖口上的肖像確認媽媽的身分。」

「那種像幼稚園小朋友畫的肖像，根本不知道是畫我還是畫媽媽。」

「雖然他數學很厲害，卻很不會畫畫，一定是這樣。」

「每次看到博士用那枝短鉛筆寫下紙條，貼在身上，我都好想哭。」

「爲什麼？」

「因爲，總覺得很淒涼。」

根號故意用嘔氣的語氣說。我無法反駁，默默點了點頭。

「而且，還有一個問題。」

根號豎起食指，換了一種語氣說。

「博士認識的那個時代的阪神虎隊球員，沒有一個會上場。大家都退休了。」

根號的每一句話都千眞萬確。如果博士蒐集的棒球卡上的選手沒有一個上場比賽，他一定會感到困惑，也會很失望吧。況且，制服也和以前不一樣了。球場也不像數學定理那麼安靜，有醉漢，也有人喝倒采。沒錯，根號所有的擔心都很有道理。

「嗯，我知道了。但媽媽已經買了三張門票，不是只有博士而已，還有根號的票。先不管博士到底去不去，你想不想去？你不想去看阪神虎隊比賽嗎？」

可能是愛面子吧，根號低著頭，一副坐立不安的樣子，最後，終於忍不住滿心的喜悅，圍著我跳個不停。

「想。不管別人怎麼樣，我都要去看。我要去，一定要去。」

根號一直跳著，跳著，最後，緊緊抱著我的脖子，說「謝謝媽媽」。

六月二日那天，原本擔心的天氣很不錯。我們搭上四點五十分的巴士出發了。離太陽下山還有一段時間，天色還很亮。巴士上也有幾個看起來和我們一樣去看球的人。

根號拿著向同學借來的加油棒，頭上當然戴著阪神虎隊的帽子，幾乎每隔十分鐘就問我到底有沒有帶門票。我一手拿著裝有三明治的籃子，另一手拎著裝紅茶的水壺，但根號接二連三問個不停，我也開始不安起來，手不時伸進裙子口袋，確認門票到底還在不在。

博士的打扮一如往常。穿著貼滿紙條的西裝和發黴的皮鞋，鉛筆放在胸口的口袋裡。在巴士到達球場所在、名爲「運動公園前」的車站之前，他就像上次在理髮店一樣，一直緊緊抓著座位的扶手。

我在巴士發車時間的八十分鐘前，也就是三點三十分整，告訴博士看棒球這件事。那時，根號已經放學回到這裡，我們盡可能用輕鬆的語氣提到這件事。剛開始，博士似乎不太瞭解我們在說什麼。令人難以置信的是，博士竟然不知道職棒比賽會在全國各地舉行，也不知道只要自己高興，誰都可以買門票去看比賽。也難怪，就連可以用收音機聽棒球實況轉播一事，他也是最近才知道。對博士來說，棒球只存在於報紙運動版和棒球卡上。

「你要我去那裡嗎？」

博士陷入沉思。

「當然，這不是命令。只是邀您一起去觀賞。」

「嗯。去棒球場……還要搭巴士……」

思考是博士的專利，如果不管他，他也能一直思考到比賽結束。

「會看到江夏嗎？」

眞是哪壺不開提哪壺。我們愣了一下，但根號立刻用我們事先套好的話安慰他。

「很可惜，前天在甲子園對巨人隊時，江夏是先發投手，所以今天的比賽不會上場。對不起。」

「你不用道歉。嗯，的確有點可惜。那，江夏有沒有贏？」

「當然贏了。這一季已經贏了七場了。」

一九九二年當時，背號28號的是中田良弘投手，由於肩膀受了傷，幾乎很少上場。對我們來說，很難判斷球員號碼28號的選手不上場到底算是好事還是壞事。如果中田是投手的話，連博士也會知道不對勁；但如果他在遠處的練習區練習投球，或許騙得過老人家。博士從來沒看過江夏投球的樣子，應該不知道他投球的動作。但如果中田上場，就沒辦法再隱瞞了，博士也會受到難以想像的打擊。因爲，中田不同於江夏，是一位右投手。想到這裡，就覺得28號還是不出現比較好。

「去吧。和博士一起去看比較好玩。」

根號的一句話定了江山，博士終於答應外出。

下了巴士，博士緊握的對象從座椅的扶手換成了根號的手。從運動公園走到球場的途中，隨著人群走在水泥路上，兩個人幾乎不發一語。博士是因爲來到與日常生活大相逕庭的地方，太震驚了；根號則是因爲終於能夠如願看到阪神虎隊的球賽，興奮得四處張望，根本忘記了說話。

「有沒有問題？」

我不時詢問，博士只是默默點點頭，更用力握住根號的手。

一爬上通往三壘旁特別內野區的樓梯，我們同時叫了起來。在一片開闊的視野前方，是柔軟而昏暗的球場，以及還沒有任何人踩過的本壘、筆直的白線和一大片精心養護的草皮。天色慢慢暗了下來，球場近在咫尺，似乎一伸手就能摸到。這時，照明燈亮了起來，彷彿迎接我們的到來。球場在照明燈光線的照射下，好像從天而降的太空船。

六月二日廣島隊對阪神隊的那場球賽是否讓博士感到高興？多年以後，我和根號興之所至，談起那個特別的日子，無法肯定博士是否眞的喜歡眞實的棒球。我也經常因此感到後悔。或許我的雞婆反而增加了無辜病人的疲憊。

然而，三個人共同分享的光景卻沒有褪色，反而隨著時間的流逝變得更加鮮明，溫暖了我們的心。椅子靠背上的裂痕、坐起來很不舒服的椅子、霸在鐵絲網上從頭到尾一直喊著「龜山」的男人、放了太多芥末的雞蛋三明治、球場上空流星般飛過的飛機燈……我們不厭其煩回憶起所有這一切，也感到懷念無比。談論棒球場的回憶，會有一種錯覺，好像博士就在我們的身旁。

其中，最讓我們津津樂道的就是博士對賣果汁的小姐一見鍾情。第二局結束時，根號已經把三明治全部吃完了，說想要喝果汁。我舉起手想要叫住賣果汁的小姐，博士擋住了我的手，說「不要」。我問他「爲什麼」，他也不回答我。正當我要舉手叫住另一位路過的賣果汁小姐，博士又說了一句「不要」。他的口氣很嚴肅，我還以為是博士認為對小孩子身體不好，不讓根號喝果汁。

「就喝家裡帶來的紅茶吧。」

「我不要。好苦。」

「那我去販售部買牛奶給你喝。」

「我又不是嬰兒。而且，球場怎麼會賣牛奶呢。看球就是要大口喝裝在大紙杯裡的果汁嘛。」

他有他的執著，無奈之下，我只好和博士商量。

「可不可以讓他只喝一杯就好？」

博士仍然滿臉嚴肅，但湊近我的耳朵，小聲說：「要買果汁的話，要向那位小姐買。」

博士指的是正爬上隔壁通道的賣果汁小姐。

「為什麼？向誰買還不都一樣。」

即使我窮追不捨，博士也不告訴我原因，卻敵不過口渴難忍的根號的抱怨，終於坦白道：「因為那位小姐最漂亮。」

博士的審美觀沒有錯。放眼望去，那個女孩子最漂亮，笑容也最甜美。

我擔心那位小姐走過來時不小心錯過了，注意力一直放在觀眾席上，根本沒有好好看球，以致錯過了第三局上半局阪神隊靠四支安打得分的場面。

博士屬意的果汁小姐終於走到下方的通道，博士立刻舉起手，幫根號買了杯果汁。雖然博士遞銅板的手微微顫抖，雖然身上貼滿紙條，卻絲毫沒有影響她滿臉的笑容。雖然我抱怨爲什麼幫根號買一杯果汁要磨蹭那麼久，但之後果汁小姐只要一走過來，博士就自說自話地買了爆米花、冰淇淋和第二杯果汁給我們，心情才好了起來。

表現出這種令人意外的一面，博士仍然不改數學家的脾氣。環顧球場後，他的第一句話竟然是：「內野區是邊長爲27.43公尺的正方形。」

一發現他和根號的座位分別是7－14和7－15，立刻說起這兩個數字的意義，根本忘了坐下來。

「714是貝布．魯斯在一九三五年創下的全壘打紀錄。一九七四年四月八日，漢克．阿倫從道奇隊的阿爾．道寧手上擊出第715支全壘打，打破了這個紀錄。

「714和715的積等於最小七個質數的積。

$$\mathbf{714 \times 715 = 2 \times 3 \times 5 \times 7 \times 11 \times 13 \times 17 = 510510}$$

「還有，714的質因數的和，與715質因數的和相等。

714 = 2 × 3 × 7 × 17

715 = 5 × 11 × 13

2 + 3 + 7 + 17 = 5 + 11 + 13 = 29

具有這種性質的連續正整數很罕見。20000以下只有二十六組，叫做魯斯—阿倫數對。和質數一樣，數字越大，出現的機率就越小。最小的數對就是5和6。要證明這種數對是否有無數組，又是另一個傷腦筋的問題。但最重要的是，我的座位是7－14，根號的座位是7－15。絕對不能換位置，因爲新人要打破舊紀錄，這是世間的邏輯。你同意嗎？」

「好，我知道了，知道了。你看，新庄在那裡。」

平時，根號總認眞聽博士的課，這時卻心不在焉，根本不管自己的座位是幾號。

結果，整場比賽中，無論遇到任何事，博士便大談特談他擅長的數字，由此可見他眞的很緊張。爲了壓過周圍的嘈雜，博士的音量也越來越大，很顯然的，只有我們三個人和周圍的球迷格格不入。當解說員報告先發投手是中込、他在一片歡呼聲中跑向投手區時，博士說：

「投手區的高度是10英寸和25．4英寸，從投手區到本壘的6英尺距離中，每隔1英尺，就會降低1英寸。」

他發現廣島球隊的第一棒至第七棒都是左打者，他說：「左對左的打擊率為0．2568，右對右為0．2649。」

當廣島隊的西田盜壘成功，大家覺得不是滋味，他又說：「投手從開始投球到投球出去需要0．8秒，這個球是曲線球，球到捕手的手上需要0．6秒，所以總共需要1．4秒。扣掉離壘的距離，跑者需要跑24公尺。如果跑者跑50公尺的速度……就能上二壘……所以，想要封殺跑者，捕手只剩1．9秒的時間。」

幸好，坐在我們左手邊的一群人始終心領神會，表現出漠不關心的態度；右手邊的大叔適時搭腔，努力緩和氣氛。

「你說得頭頭是道，比那些菜鳥解說員好多了。」

「你可以成為很棒的公式記錄員。」

「你可不可以順便算一下阪神虎隊獲勝的機率？」

雖然我並不認為那位大叔能完全聽懂博士的計算，但他還是在罵廣島隊選手之餘，不時傾聽博士的講解。拜這位大叔所賜，至少周圍的人不認為博士的計算只是妄想，而是有一定的理論根據。大叔還把他帶來的花生分給我們吃。

第一局上半局，阪神虎隊因爲和田與久慈的兩支安打先得了一分，在第二局又以五支安打得了四分。太陽下山後，漸漸有了涼意，我一下讓根號穿上外套，一下將小毛毯遞給博士，一下又用小毛巾擦手，心還沒有定下來，虎隊就不斷得分，簡直讓人目瞪口呆。根號高興得拚命敲著加油棒，博士一手拿著三明治，笨拙地拍著手。

三壘旁的觀眾席上，大部分都是阪神虎隊的球迷。一整片的黃色，也很有精神。廣島隊敵不過中込的投球，無法擊出一支安打，根本沒機會讓廣島隊的球迷歡呼。

只要中込投出一個好球，立刻響起一陣歡聲。得分時，更加歡聲雷動，響遍整座球場。有生以來，我第一次看到那麼多人同時歡呼。連在我面前只表現出「思考」和「被打斷思考而發脾氣」兩種表情的博士也很高興。雖然他的表現方式很保守，但毫無疑問，他也是這片歡樂中的一分子。

這時候，那位搭在鐵絲網上的龜山球迷表達歡樂的方式比任何人都獨特。這個二十多歲的年輕人在工作服外頭套著龜山的制服，腰上掛著小型收音機，十根手指沒有一刻離開過鐵絲網。輪到廣島隊打擊時，他的視線緊盯著位在左外野的龜山；龜山一出現在球員休息區，他就興奮不已；龜山打擊時，他一直喊著龜山的名字。他的聲音時而振奮，時而充滿哀戚，整張臉壓在鐵絲網上，額頭印上了鐵絲網的印子也不以爲意，似乎只要能多靠近偶像一公分就好。他不會罵對方球隊的球員；即使龜山表現不佳，也沒有一句怨言或嘆息，從他嘴裡不停吐出的唯有「龜山」二個字。他將靈魂都投注在這句話中。

所以，當龜山打出適時安打，大家都怕他暈過去，坐在他後面的那個人還情不自禁伸出手，想要托住他的背。球漂亮地穿越壘和壘之間，在草皮上滾動，追著球跑的外野手立刻變成小小的黑影，只有龜山打出的球接受著照明燈光線的祝福。男人聲嘶力竭大叫，喊到肺部無力，仍然發出嗚咽般的聲音。他拚命甩著頭髮，扭動身體。下一位選手已經走進了打擊區，男人仍然沉醉著。和他相比，博士的聲援正常多了。

博士並沒有提起完全沒看到自己蒐集的棒球卡上的選手一事。可能太忙於思考該如何將自己累積的棒球規則和紀錄等相關知識與實際的球賽結合，沒有餘力顧及選手的名字吧。

「那個小袋子裡裝的是什麼？」

「那是松香袋。裝的是松香，可以防滑。」

「爲什麼捕手一直要跑到一壘去？」

「是爲了防守。即使球掉了，也能立刻接到。」

「好像有球迷混進休息區了……」

「不是，那個人應該是外籍選手的翻譯。」

博士一遇到不懂的事，就會老實問根號。雖然他侃侃而談時速150公里的球帶有的運動能量，以及球的溫度與飛行距離的關係，卻不知道什麼是松香袋。博士已經鬆開了根號的手，但還是很依賴根號。他談論著數字，向根號發問，向漂亮的小姐買食物，吃著花生。在此之餘，好幾次盯著練習區，卻找不到28號的身影。

比賽以6比0，阪神虎隊領先的局勢快速進行。隨著局數的增加，込過的投球比勝敗更有看頭。在第八局結束時，込過還沒有讓對方球員打出一支安打。

雖然阪神虎隊暫時領先，但三壘旁的觀眾席氣氛卻很凝重。當攻擊結束進入防守，四處就會響起一陣陣嘆息，好像即將面臨難以承受的苦戰。如果阪神虎隊繼續得分，問題還不大，但在第三局結束前得了六分後，就沒有繼續得分，只好加強防守。

第九局下半局，當中込從休息區走向投手丘，不知道誰終於按捺不住，在中込的背後發出呻吟：

「還有三個人……」

這句話讓壓抑已久的觀眾騷動起來，不安在觀眾席四處流竄。只有博士回答了這個人的呻吟。

「完成完投的機率是百分之0．18。」

廣島隊派出代打，連名字也沒聽過的選手，但誰都沒注意打者。中込投出了第一球。

球在遇到用力揮出的球棒後，畫出優雅的拋物線，飄上了夜空，就像是博士舊筆記本上的拋物線。球比月亮更白，比星星更美，飄向藍色宇宙的頂端，大家都望著那一點出了神。

球開始下降的那一刻，我立刻意識到這個球絕不優雅。球快速下降，毫無停止的跡象，劃破夜空，散發著彷彿從宇宙長途跋涉而來的熱氣。

不知道誰慘叫了一聲。

「危險！」

耳邊響起博士的聲音。球擦過根號的膝蓋，重重掉在他腳邊的水泥地上，又彈跳起來，向背後飛去。

博士撲在根號身上。伸長脖子、伸直雙手，用整個身體抱住根號，充滿了決心，絕對不能讓這個柔弱的孩子受到傷害。

球早就飛走了，兩個人仍然一動也不動。根號是因爲博士不起來的話，即使想要起來，也根本無法動彈。

球場廣播傳來「請各位觀眾小心界外球」的聲音。

「已經沒關係了……」

我對博士說道。博士手上的花生殼散落一地。

「硬式球的重量是141．7公克……從距離地面15公尺的地方掉落時……相當於12．1公斤的鐵球……衝擊力增加了85．39倍……。」

博士喃喃自語。兩人的座椅上刻著714和715。如同我和博士有220和284把我們連結在一起一樣，他們也分享著特別祕密的數字，緊緊結合在一起，不容任何人破壞地緊緊結合在一起。

觀眾席突然沸騰了起來。我看到中込的第二球被打到照明燈前。球一路滾在草皮上。

「龜山！」

鐵絲網男又大叫起來。

6

回到偏屋時已經將近晚上十點。雖然根號的情緒還很亢奮，還是忍不住呵欠連連。原本打算送博士到家後，我們立刻回家，博士卻似乎比想像中更累，於是我們決定送他上床睡覺。從球場回來的巴士上擠滿了人，博士也因此累壞了。他一直心神不寧，生怕夾紙條的夾子會被巴士上東搖西晃的人潮擠掉了。

「就快到了。」

他根本聽不到我不時的安慰。在巴士上，他很不自然地扭著身體，盡可能避免和別人接觸。

可能並不是太累的關係，而是平時就是這副德性吧。博士把襪子、上衣、領帶、長褲等身上所有的東西都丟在地上，最後只剩下內衣，牙齒也沒刷就上了床。我一直告訴自己，博士一定是在剛才上廁所時，趁我們不注意，快速刷完牙了。

「今天謝謝你們。」

博士閉上眼睛前說。

「託你們的福，我很高興。」

「雖然完投泡湯了。」

根號跪在枕邊，幫博士拉好被子。

「但江夏有做到完投喔，而且還有延長賽。一九七三年，一直到最後一場，都在和巨人隊爭奪冠軍那一年的八月三十日，在和中日隊比賽的第11局延長賽中，江夏打了一支再見全壘打，以1比0贏了中日隊。防守和進攻都是他一個人……好可惜，今天沒看到江夏……」

「對。下次我買門票前會先查好輪值表。」

「反正贏了就好了。」

我說道。

「沒錯。6比1。很漂亮的成績。」

「阪神虎隊已經晉升到第二名了。而且，巨人隊輸給大洋隊，反而掉到最後一名了。這麼幸運的日子很難得耶，博士。」

「對，多虧根號帶我去球場。好，你們路上小心。要乖乖聽媽媽的話，趕快上床睡覺。明天還要上學吧？」

博士嘴角泛著微笑，在根號回答之前就閉上了眼睛。他的眼眶紅紅的，嘴唇乾裂，髮際處不知道什麼時候滲出幾顆汗珠。我探手去摸他的額頭。

「啊，不好了。」

博士發燒了，而且燒得不輕。

再三考慮後，我和根號決定當晚不回家，就住在偏屋。不能把病人丟著不管，更何況是博士。我決定拋開就業規則，也不理會合約，靜下心來，好好照顧病人。

不出所料，我找遍整個房子，也沒找到冰枕、溫度計、退燒藥、漱口水、病歷卡等任何一樣能在這種場合發揮作用的東西。從窗戶望出去，主屋的燈還亮著。籬笆旁，似乎有個人影晃動了一下。如果可以找寡婦商量就好了，但我想起她要求我不要把偏屋的問題帶到主屋的約定，只好作罷。我拉上了窗簾。

總而言之，我必須自己設法解決問題，我把冰塊敲碎後裝入塑膠袋，用毛巾包起後，放在博士的脖子後、腋下和大腿根部，拿出冬天的毛毯，蓋在他身上，又煮了茶，隨時爲他補充水分。所有這一切，都和根號發燒時我所做的事一模一樣。

我讓根號睡在書房一角的沙發。雖然以前堆滿了書，根本無法發揮應有的作用，但把書清掉後，發現是個很不錯的沙發，睡起來應該也滿舒服的。雖然根號很擔心博士的身體，但很快就發出均勻的呼吸聲。虎隊的球帽靜靜躺在一大堆數學書的最上方。

「怎麼樣？會不會很不舒服？口渴的話要告訴我。」

博士沒有反應。但即使外行人也知道，博士並不是因爲發高燒而意識模糊，而是睡得太熟了。雖然呼吸有點急促，卻沒有呼吸困難的樣子，閉著雙眼的表情看起來很安詳，似乎在深層的夢境世界中徘徊。在我幫他換冰塊，或擦汗時，他都不曾醒來，順從聽任我的擺布。

脫下貼滿紙條的西裝，他的身體比一般的老人顯得更加瘦弱。腹部、大腿和手臂的肌肉都垮了下來，布滿皺紋，無論觸碰他身體任何一部分，蒼白的皮膚立刻凹陷下去，完全沒有彈性。我瞪大眼睛看著他的手指，希望能感受到隱藏在其中的生命力，卻是徒勞。我想起曾經從博士那裡聽說的，某個名字很拗口的數論學者所說的話：「這個世界上有上帝，因爲數學中沒有矛盾；這個世界上也有惡魔，因爲沒有人能夠證明數學是沒有矛盾的。」

如果眞是這樣，博士肉體的營養一定是被數字的惡魔吸乾了。

過了半夜，博士摸起來好燙，似乎燒得更嚴重了。吐出的氣熱熱的，冰塊融解的速度也越來越快。要不要去藥局買藥？可能不應該帶他去人多的地方？如果他的腦筋問題更嚴重的話該如何是好……各種擔心閃現在腦海裡，但最後還是安慰自己，他睡得那麼熟，應該沒問題。

我把身體縮在帶去球場的小毛毯裡，躺在床下。月光從窗簾的縫隙照了進來，在床上留下一道長長的白光。看棒球好像是很久以前發生的事。

博士睡在我的左側，根號睡在右側。閉上眼睛，各種聲音傳入我的耳朵。博士的鼾聲、毛毯的摩擦聲、冰塊融解的聲音、根號的夢話、沙發的吱吱聲……這些聲音讓我忘記了博士發燒的意外，慢慢放下心來，漸漸進入了夢鄉。

第二天一早，根號在博士醒來前就起了床，回到家裡，帶了教科書和要還給同學的加油棒去了學校。早晨時，博士臉上的潮紅已經退了，呼吸也變得平穩，但仍然睡得很沉，絲毫沒有要醒來的跡象。這下子，反而讓我擔心他睡得太沉了。我摸了摸他的額頭，拉開毛毯，輕輕按著他的喉結、鎖骨的凹陷，搔著他的腋下和肚臍，也試著對他的耳朵吹氣。一切的努力徒勞無功，只看到他的眼珠在眼皮下動了一動。

直到快中午，我在廚房做事，才確定博士沒有罹患「昏睡病」。我聽到書房裡有聲音，走進一看，發現博士像往常一樣穿著西裝，垂著頭坐在床邊。

「您還不能起床啦。您發燒了，要好好休息。」

博士抬起頭看著我，一言不發，又再度垂下了頭。他的眼角留著眼屎，頭髮亂成一團，領帶也沒有繫好，無力地垂下了頭。

「來，把衣服脫下來，換上乾淨的內衣吧。昨天晚上您流了很多汗，我等一下去買睡衣，還要換一下床單。換上乾淨衣服，就會舒服許多。您一定是太累了，畢竟看了三小時的棒球。對不起，都怪我們硬要找您一起去。但不用擔心，只要穿得暖暖的，吃一些有營養的東西，好好休息，很快就會好的。根號也一樣。好吧，先來吃一點東西。要不要我倒蘋果汁給您喝？」

博士推開我的肩膀，轉過臉去。

這時，我才發現自己犯下一個基本的錯誤。博士已經忘記了昨天去看棒球的事，也忘記了我。

博士一直看著自己的胸前，只經歷了一個晚上，他的背駝得更厲害了。虛弱的身體一動也不動，但他的心靈似乎已經失去了方向，在不知名的地方徬徨著。沒有了研究數字祕密時的專注，也找不到對待根號的溫情的影子，全身完全沒有一絲生氣。

不久，我聽到一陣啜泣。一開始我並沒有發現是他嘴裡發出的，還以為是壞掉的音樂盒在房間的某個角落發出的聲音。不同於根號割到手時的哭泣，那是一種不是為任何人，而是為了自己暗自哭泣的聲音。

博士讀著別在最顯眼位置的紙條，只要一穿上外套就會映入眼簾的、最重要的那張紙條。

我的記憶容量只有80分鐘

我坐在床邊。我不知道自己到底該怎麼辦。我犯下的不是基本的錯誤，而是致命的錯誤。

每天早晨醒來，只要一穿上衣服，博士自己寫的紙條就向他宣告他所罹患的疾病。他會發現，剛才的夢不是昨晚的夢，而是遙遠的過去，自己能夠記憶的最後一晚所做的夢。他每天都會發現，昨天的自己已經掉入時間的深淵，永遠都無法再找回來，也因此深受打擊。用全身保護根號不被界外球打到的博士，他的心已經死了。每天每天，他獨自在床上接受著這個殘酷的宣告。然而，我卻對此一無所知。

「我是管家。」

博士的哭泣一停，我立刻說道。

「我是受雇來協助您的管家。」

博士含著淚看著我。

「傍晚的時候，我兒子也會來這裡。他的頭頂很平，所以都叫他根號。是您幫他取的名字。」

我指著博士袖口上，畫著肖像的紙條。還好昨天沒有在巴士上被擠掉。

「你生日是什麼時候？」

由於發燒的關係，博士的聲音還很虛弱，但他終於說了話，我不禁放下心來。

「二月二十日。」我回答說。

「220，是和284很友好的220。」

博士發了三天的燒。三天的時間，他幾乎都在睡覺。沒有訴苦，沒有無理的要求，只是一直沉睡著，沉睡著。

到了吃飯的時間，他也沒有睜開眼睛，放在床邊的簡餐也完全沒有動，無奈之下，我只好一口一口餵他。我扶起他的上半身，捏他的臉頰，看準他在迷迷糊糊中張開嘴的瞬間，立刻將湯匙伸進去。但他甚至無法喝完一碗湯，中途又昏昏睡去。

我沒有帶他去看病。如果外出是導致發燒的原因，那麼在家休養是最好的養生之道。我認爲這就像突然接觸外界的空氣後，身體不適應所引起的發燒。況且，根本不可能讓他醒來，穿上鞋子，自己走到醫院。

根號放學回來後，就先衝進書房，一動也不動站在床邊，一直看著博士睡覺，直到我催促他「讓博士好好休息」、「趕快走出來」、「快去做功課」。

第四天早晨，退燒後，博士恢復得很快。睡覺的時間少了，食欲卻大大增加。他的體力小有恢復，已經能夠下床，坐在飯桌旁；也能繫好領帶，坐在飯廳安樂椅上看數學的書，並開始挑戰數學雜誌的懸賞問題。他在思考時，會因爲我的打斷而不高興；傍晚，當他在門口迎接根號、擁抱根號，心情也會變好。他陪著根號做算術習題，盡情摸著根號的頭。一切都恢復了原來的樣子。

在博士的病情好轉後不久，我被介紹所所長叫去辦公室。在定期報告業務以外的時間被叫去，絕對不是好事。不是雇主投訴，要被嚴重警告，就是要求道歉、罰錢，總之，絕對是談嚴肅的事。但博士不可能突破八十分鐘的障礙來投訴我，我也遵守了不踏入主屋一步的約定，我以爲所長只是想瞭解一下獲得九個藍色星星印章的危險人物的後續情況。

「你搞砸了。」

所長一開口，我就知道自己想得太天眞了。

「雇主投訴你。」

他摸著微禿的頭，滿臉傷腦筋的樣子。

「什麼投訴……」

我呑呑吐吐地問。

至今爲止，曾經有幾次接到客戶的投訴。都是對方的誤解和自以爲是引起的，所長很瞭解我並沒有做錯什麼，每次都安慰我「反正，你就包涵一下，算是幫我的忙」，這次卻不一樣。

「你不要裝糊塗了。你知道自己犯了大錯。聽說你在那位數學老師家過夜？」

「我沒有犯錯。是誰在做這種低級的揣測，太可笑了。氣死我了。」

我表示抗議。

「誰都沒有揣測。你過夜是事實啊，對不對？」

我無奈地點了點頭。

「就業規則上寫得很清楚，需要加班的時候，一定要事先向介紹所提出申請，如果事態緊急，不得已的時候，也要在事後將客戶蓋章的加班費申請書和事後報告書交回。」

「我知道。」

「沒有遵守規則就是犯錯。這有什麼低級可笑的。」

「不，我並沒有加班。只是基於同情心，稍微雞婆了一下……」

「如果不是加班的話，那到底是什麼？不是爲了工作，就在男人的家裡過夜，那就不能怪別人多揣測了。」

「他生病了，突然發燒，不能讓他一個人留在家裡。我不應該破壞規定，對不起。但我沒有做任何有違管家身分的事，相反的，我覺得當時有責任那麼做。」

「還有你兒子的事……」

所長用食指摸著博士的客戶登記卡四周。

「這件事上，我一直特別通融你。把孩子帶到客戶家裡，我們這裡從來沒發生過這種事。一方面是因爲客戶的要求，而且，又是一個難纏的對手，我也只好讓步了。其他管家都很不滿，認爲只有對你網開一面。所以，我更希望你認眞工作，不要造成別人的誤解，否則我也很難做人嘛。」

「對不起，我太草率了。兒子的事，我很感激你。謝謝你的通融，我不知道該怎麼表達我的謝意……」

「就這樣吧。我調你去其他地方。」

「什麼？」我簡直不能相信自己的耳朵。

「從今天開始，不用去了。今天休息一天，明天我會安排你去新的客戶那裡面試。」

所長翻過博士的客戶登記卡，蓋上了藍色的印章，成爲第十個星星。

「等、等一下。怎麼可以這麼突然。到底是誰開除我的。博士嗎？還是所長？」

「他大嫂。」

我搖了搖頭。

「但我在面試以後，就沒有和他大嫂見過面，也沒有給她添過麻煩。我也很遵守『不要把偏屋的問題帶到主屋』的命令。雖然是她付的薪水，但她一點都不瞭解我的工作情況。爲什麼要解雇我？」

「他大嫂知道你睡在他書房的事。」

「原來她在偷窺。」

「她有監視你的權利。」

我想起那晚在籬笆便門旁的人影。

「博士生病了，他比一般病人更需要細心的照顧。一般的照顧根本不管用。如果我今天不去的話，馬上就會亂成一團。現在，他應該已經起床，看到自己衣服上的紙條，一個人……」

「隨便找個人就能代替你。」

所長打斷我的話，拉開辦公桌的抽屜，把博士的客戶登記卡放進資料夾。

「就這麼決定了。沒有改變的餘地。」

抽屜「啪」的一聲關上了，聲音乾脆而有力，和我的心情成了鮮明的對照。

就這樣，我被解雇了。

這次的雇主是一對經營會計師事務所的夫妻，從家裡出發，搭電車後，再轉搭巴士要花一個多小時。工作時間很長，一直要到晚上九點，要同時做住家和辦公室的工作，而且，雇主太太是個刻薄的女人。所長可能要給我一點懲罰吧。根號又再度成爲鑰匙兒童。

做這一行，經常必須面對和雇主的離別。尤其登記在「曙光」這種人力公司時，離別更是司空見慣。雇主的情況可能會改變，而且，要找到合得來的雇主很不容易。況且，一個地方做久了，也就容易產生磨擦。

有些家庭會特地爲我開歡送會；也曾經有小孩子含淚依依不捨地送我禮物。但也有的雇主連招呼也不打，就遞上我折損的餐具、家具或衣物的賠償費請款單。

每次遇到這種情況，我都告訴自己，不要反應過度。不需要爲此感傷，也不要覺得自己受到傷害。對他們來說，我只是個擦身而過的人。下一次在路上遇到，他們甚至想不起我的名字，就像我會忘記他們的名字一樣。事實上，我去新的雇主家後，就忙於學新的規矩，根本無暇感傷。

這次的情況卻不一樣。最令我痛苦的是，博士再也不會想起我們。博士絕對不會問他大嫂我爲什麼離職，也不會想起根號。在飯廳的安樂椅上看到第一顆星時，或是在研究數學問題之餘，也不可能回憶起和我們共度的時光。

想到這裡，就令我痛苦萬分。恨自己竟然犯下無可挽回的錯誤，也很生自己的氣。當然，也因此無法認眞投入新的工作。雖然我的大部分工作都是體力工作

（洗五輛進口車、打掃四層樓的樓梯、準備十人份的晚餐），但博士的影子在腦海裡揮之不去，讓我的精神疲憊至極。工作時，每每想起博士坐在床邊垂著頭的樣子，腦子裡滿是博士的身影，因而老是犯一些相同的小錯誤，惹惱了雇主太太。

我不知道是誰接下了我的工作，希望不要和紙條上的肖像差得太遠。不知道博士會不會問新的管家電話號碼和鞋子的尺寸，並爲她解說其中隱藏的暗號。想到博士和我不知道的某個人分享數字的祕密，心裡就很不舒服。雖然無論昨天還是今天，無論世界上發生任何事，數字都不會有絲毫改變，我卻覺得我們兩個人分享的那些數字的魅力正漸漸褪色。

有時候，我甚至奢望接手的管家搞不定博士，所長就會覺得非我不可，重新考慮派我去。但我立刻搖搖頭，否定自己的幻想。我的存在與否根本無足輕重。對方並不像我想的那麼需要我，就像所長說的，隨便找個人就能代替我。

「爲什麼不去博士那裡了？」

根號連問了我好幾次，每次我都只能回答：「情況有點變化。」

「什麼情況？」

「很多方面啦。」

根號「哼」了一聲，聳了聳肩。

六月十四日，星期天，虎隊的湯舟在甲子園完成了完投。我和根號吃完晚餐，連澡都沒有洗，就一直聽著收音機。眞弓3次上壘，新庄都打了一支一分全壘打，在八局下半局結束時，比數是6比0。和中過那一次相同，對手都是鯉魚隊，比數也相同。

每當鯉魚隊的打者揮棒落空退場，播音員的聲調和球場的熱情便開始沸騰，但我和根號沉默不語。我們很清楚對方想到了什麼、在想些什麼，所以不需要多說。

最後，打者正田的球飛出界外，實況轉播的聲音以歡聲淹沒，好一陣子才聽到播音員大叫「出界，出界」。

「太好了。」

根號用平靜的口吻說道，我默默點了點頭。

「……職棒史上第八十五位……也是虎隊自昭和四十八年江夏豐以來，睽違十九年的……」

播音員的聲音斷斷續續傳來。

我們不知道該如何表現這份喜悅，甚至不知道是否該爲此感到喜悅。雖然虎隊贏了，完成了偉大的紀錄，我們的心情卻很沉重。透過收音機傳來的興奮讓我們回想起六月二日去看的那場棒球賽，讓我們想起坐在7-14的博士如今已離我們遠去。我開始覺得，那一場球賽中，最後一局的第一位無名打者打到根號的那支大界外球，或許是我們三個人不幸的開始。

「去睡吧。明天還要早起。」我說道。

「嗯。」

根號關上了收音機。

界外球的第一個詛咒，當然是之後那支破壞了中込完投的安打。之後，又相繼發生發燒、解雇一連串不好的事，而且並沒有因此停止。雖然無法斷定都是界外球的詛咒，卻因此擾亂了我平靜的心。

有一天，在上班途中的巴士站，一個陌生的女人拿走了我的錢。女人既沒偷，也沒搶，是我自己把錢給她的，所以也沒理由報警，但如果那是新的強盜手法，的確不得不讓人佩服。女人大方走到我面前，既沒說原因，也不打招呼，就伸出手來說了一個「錢」字。女人三十過半，身材高大，皮膚白白的，時序已進入初夏，但她還穿著風衣。除此以外，她的外表並沒有什麼可疑之處。看起來很乾淨，不像是遊民，也沒有走投無路的樣子。她神情平靜，就像在問路——不，應該說，好像反而是我在向她問路。

「錢。」

女人又說了一遍。

我把一張紙鈔交到她的手上。我沒想到自己有這樣的舉動。我實在想不通，又沒人拿刀子逼我，爲什麼一貧如洗的我會做這種事。女人把紙鈔放進風衣口袋，就如靠近時一樣，一語不發離開了。她剛走，巴士就來了。

前往會計師家的途中，我一直告訴自己，這些錢對女人有多重要。可能用來買麵包給餓壞的幼童吃；也可能用來支付臥病在床的父母的醫藥費，甚至可能因此阻止了一家集體自殺……但無論怎麼想，都無法讓我心情好起來。我並不是心疼這些錢，反而覺得很悲哀，彷彿是我接受了別人的施捨。

還有一次，母親忌日去掃墓的時候，墓碑後方的草叢裡躺著一具小鹿的屍骸。屍骸還沒有完全變成白骨，脊椎附近黏著一塊帶有斑點圖案的皮膚，四條腿還黏在身體上。從牠伸直四條腿的樣子，看得出牠在斷氣之前努力想站起來。內臟爛在身體外，眼睛變成兩個黑暗的空洞，半張的嘴裡露出還沒長齊的牙齒。

是根號先看到的。

「啊！」

他伸手指著，既無法叫我，也無法避開視線。

想必牠是從山上跑下來時撞到墓碑後氣絕身亡。仔細一看，發現墓碑上還沾有像肉片和血跡的東西。

「媽媽，怎麼辦？要怎麼辦？」

「沒關係。隨牠去好了。」

我們雙手合掌，為牠祈禱，比為我母親祈禱的時間更長。希望母親的靈魂與這個小小的生命相伴。

掃墓的第二天，我在報紙的地方版上看到根號父親的照片。他獲得某財團針對年輕技術研究人員頒贈的獎。報紙的角落，短短一篇報導，照片有點模糊，但絕對是他沒有錯。照片上的他也長了十歲。

我闔上報紙揉成一團，丟進垃圾筒裡。想了一想，又撿了起來，把皺褶撫平，剪下這篇報導。但仍然皺成一團，看起來和紙屑沒什麼差別。

「那又怎麼樣？」

我問自己。

「沒怎麼樣。」

我告訴自己。

「根號的爸爸得了獎。值得高興的一件事。只是這樣而已。」

我將剪報折起來，放進裝根號臍帶的盒子裡。

7

每次看到質數，就會想起博士。質數隨處可見：超市的商品標價、門牌號碼、巴士發車時間表、火腿的有效期限、根號的考試成績……它們忠實表現表面的意義，也絲毫不影響數字本身眞正的意義。

當然，我無法立刻判斷到底是不是質數。多虧了博士的訓練，看到１００以下的質數時，不需要一一計算就能憑感覺判斷；超過１００，看到有可能的數字，還是需要用除法算一下。有些數字雖然乍看之下不是質數，事實上卻是質數；有些在第一印象時就認爲絕對是質數的數字，卻在後來發現了因數。

我像博士一樣，把鉛筆和便條紙放在圍裙的口袋裡，方便隨時拿出來計算。例如，在會計師家的廚房清潔冰箱，看到冰箱刻著２３１１的製造編號。我立刻覺得這個數字很有意思，於是把清潔劑和抹布放在一旁，拿出便條紙開始計算。先除以3，再來是7，然後是11。都除不盡，餘數都是1。再接再厲，再試13、

17、19，還是除不盡。這種除不盡的感覺很奇妙，以爲已經抓住它的本質，卻一下子又從手心溜走了；然後又有一種新的預感，卻再度留下一種微妙的徒勞感覺。質數總是如此變幻莫測。

我認定2311是質數，把便條紙放回口袋，重新開始打掃。發現冰箱的製造編號是質數後，覺得冰箱也變得可愛了。純潔、毫不妥協、清高的冰箱。

擦辦公室地板時，我發現了341。在桌子下方掉了一張No.341的藍色稅務申報書（譯注：日本的納稅制度之一。在申報個人所得稅和法人稅時，只要備齊大藏省規定的帳冊資料，就可以使用藍色報稅單，享受許多稅務上的優惠）。

可能是質數！我立刻停下手上的工作。單子可能已經掉在那裡好一陣子，蒙上了一層灰塵，但No.341依然光芒四射，具有一種無愧於博士寵愛的魅力。

在員工全下班，半數電燈已經關掉的辦公室，我開始了驗證工作。我還沒有建立一套分辨質數的方法，每次都是跟著感覺走。博士曾經教過我一個叫做艾拉托斯特尼斯之類名字的亞歷山大圖書館長發明的方法，做起來很麻煩，我早就忘了。但博士很重視對數字的直覺，應該會原諒我這種自由豪放的方法。

341並不是質數。

「怎麼會這樣……」

我又算了一次341÷11。

341÷11＝31

多完美的除法。

找到質數，心情特別暢快；發現並不是質數，也絕不會失望。猜錯的時候，也會有相應的收穫。11乘以31，會變成一個掩人耳目的假質數，這就是一個全新的發現。於是，又能開始思考不知道有沒有計算出最像質數的假質數的法則。

我把申報書放在桌上，把抹布放在水桶裡已經混濁的水裡洗了一下，又用力擰乾。即使找到質數，或是發現並不是質數，也無法改變任何事。同平時一樣，我還是有一堆事要做。無論製造編號是幾號，冰箱只會發揮它應有的作用；遞交No.341申報書的人，至今仍然爲繳稅的事傷透腦筋。我不僅未蒙其利，反而深受其害。冰箱裡的冰淇淋融化了，地板一直沒擦好，會計師快抓狂了。即使如此，2311是質數、341是非質數的眞理，絲毫不受影響。

正因為對實際生活沒有幫助，數字的秩序才顯得優美。

我回想起博士說過的話。

「瞭解了質數的性質，既不會給生活帶來方便，也賺不了錢。雖然數學本身遠離塵囂，仍然有許多數學的發現應用在現實生活中。橢圓的研究成爲行星的軌道，愛因斯坦運用非歐基里得幾何學提出了宇宙的形狀。就連質數也成爲密碼的基本，成爲戰爭的幫兇，實在太醜陋了。但這些都不是數學的目的，數學只有一個目的，就是找出眞理。」

博士認爲眞理和質數同樣重要。

「你在這裡畫一條直線看看。」

曾幾何時，吃完晚飯後，博士對我說道。我以筷子代替尺，用鉛筆在廣告（夾報廣告的背面就是我們的數學簿）上畫了一條直線。

「沒錯，這是直線。你很清楚直線的定義。但你想一想，你畫的直線有起點，也有終點，這是連結兩點之間最短距離的線條。眞正的直線既沒有起點，也沒有終點，伸展到無限的空間。但紙的大小有限，你的體力也有極限，所以，只是姑且以線條代替眞正的直線。況且，無論用再銳利的刀子削的鉛筆，筆芯有一定的粗細，直線就會有一定的寬度，因而產生了面積。由此可知，不可能在紙上畫直線。」

我仔細端詳鉛筆的筆尖。

「眞正的直線在哪裡？只有在這裡。」

博士手摸著胸口，和教我虛數時一樣。

「永恆的眞實是肉眼看不到的，也不會受到物質、自然現象和感情的影響，但數學能夠解開眞實的奧祕，也能夠以數學來表現眞實，任何東西都無法阻擋。」

我餓著肚子，一邊擦辦公室地板，心裡爲根號擔心不已。對我而言，博士所說的永恆而正確的眞實存在，顯得何等重要。我需要切實感受到肉眼看到的世界正支撐著肉眼無法看到的世界。穿透無盡的黑暗，沒有寬度，也沒有面積，向無限延伸的直線。只有這條直線能讓我感到些許的安心。

「張開你聰明的眼睛。」

回想起博士的話，我在黑暗中瞪大了眼睛。

「你現在快去上次那個數學老師的家裡，好像你兒子有麻煩了。詳細情況我還不太瞭解，反正你盡快趕過去。這是所長的命令。」

曙光管家介紹所的辦事員打電話到會計師家裡時，我剛買完菜，打算準備晚餐。什麼？我兒子……我還來不及問，電話就掛斷了。

我腦子裡第一個想到的就是界外球的詛咒。一連串的噩運還沒有結束，相反的，是不是原以爲已經躲過的界外球，又再度飛起來，掉到根號的頭上？看來，博士的忠告是對的。

「不可以讓小孩子一個人在家。」

可能是他吃甜甜圈的時候卡到喉嚨，快要窒息了；也可能是收音機的插頭短路，他不小心觸電了。我滿腦子這些不著邊際的念頭，害怕得全身發抖，甚至無法好好向雇主太太說明原委，在會計師厭惡的眼神中，不顧一切趕往博士的家。

短短一個月的時間，偏屋一下子變得好陌生。壞掉的門鈴、煞風景的家具和長滿雜草的院子都一如往常，但一踏進偏屋，立刻有一種不舒服的感覺。我立刻發現我的不舒服並不是根號造成的，鬆了一口氣。他既沒窒息，也沒觸電，和博士一起坐在飯桌旁。地上放著他的書包。

我之所以感到不舒服，是因爲他們對面坐著主屋的寡婦。一個陌生的女人站在她旁邊，想必是接替我的管家。記憶中，只屬於博士、根號和我的地方，竟然摻雜了新奇的人物，空氣顯得特別凝重。

鬆了一口氣後，我開始驚訝爲什麼根號出現在這裡。寡婦坐在正中央的位置，和面試我的時候一樣，衣著依然高雅，左手握著枴杖。

根號連看都不看我一眼，默不作聲坐著。博士坐在他的旁邊，陷入沉思，看著不和任何人的視線交錯的方向，全神貫注思考。

「在你工作的時候把你找來，不好意思。過來坐吧。」

寡婦請我坐下。可能是我從車站一路跑過來的關係，我還喘著粗氣，一時說不出話來。

「請坐，不要客氣。趕快幫客人倒茶。」

管家走進廚房，我不知道她是不是曙光管家介紹所派來的。雖然寡婦態度很客氣，但我從她緊張地舔著嘴唇，指甲搔著桌子的動作，知道她內心並不平靜。我不知道該怎麼向她打招呼，只好順從地坐了下來。

有好一段時間，誰都沒說話。

「你……」

寡婦開了口，更用力地以指甲搔著桌子。

「我不知道你到底在打什麼主意？」

我深深吸了一口氣，然後問道：「請問，我兒子是不是做了什麼不該做的事？」

根號低著頭，把玩放在大腿上的阪神虎隊帽子。

「應該是我要問你。離職管家的小孩有必要來叔子這裡嗎？」

漂亮的指甲油剝落了，在飯桌上留下許多粉末。

「我又沒做什麼壞事。」

根號低著頭說道。

「離職管家的，小孩。」

寡婦打斷了根號的話。在她不停說「小孩」、「小孩」的時候，沒有正眼看根號一下，也沒有看博士一眼，好像他們兩個人根本不存在。

「不，這不是有沒有必要的問題……」

我還不了解到底是什麼狀況，暫且如此答道。

「我想，應該只是來玩吧。」

「我在圖書館借了一本《魯・蓋里克的故事》（譯注：Lou Gehrig，美國大聯盟的打擊王，曾連續出場二千一百三十場比賽創下紀錄，在五十年後才被打破，後來生病退出棒球界。三十八歲便英年早逝），想要和博士一起看。」

根號終於抬起了頭。

「六十幾歲的男人和十歲的小孩子有什麼好玩的？」

她依然無視根號的發言。

「我為我兒子沒有事先打招呼、也沒有考慮到您們是否方便，就突然登門一事道歉，是我督導不周。對不起。」

「不。我想說的不是這個問題。我想問的是，你被解雇後，還讓小孩子來找叔子，是不是有什麼目的？」

指甲「吱吱」的刮擦聲越來越刺耳。

「目的？您好像誤會了。他只是個十歲的孩子，只是想玩就來玩了。看到一本有趣的書，想讓博士讀給他聽罷了，就這麼簡單而已。」

「對，沒錯。小孩子當然沒有心機。所以，我問的是你的想法。」

「我只要兒子高興，並沒有其他的奢求。」

「那為什麼要把叔子也拖進來？一下子晚上帶著叔子，三個人一起外出；一下子住在這裡照顧他。我可沒有要求你做這種事。」

管家端上了茶，她是個很守本分的管家，沒有插一句話，也沒發出一絲聲音，在每個人面前各放了一杯茶。很明顯，她並不會幫我說話。放下茶後，她立刻走回廚房，似乎並不想沾惹這件麻煩事。

「我承認違反了職務規定。但並不是有什麼目的或企圖，只是更簡單的原因。」

「是錢嗎？」

「錢？」

這句話實在太出乎我的意料，我情不自禁提高了音量。

「我不能原諒你，而且是在小孩子面前，請你收回這句話。」

「不然還有什麼目的。我知道你想要討好他，拉攏他。」

「太離譜了……」

「你已經被解雇了。我們應該已經沒有任何關係了。」

「你夠了沒有？」

「對不起……」

管家再度走了出來，脫下圍裙，拿著皮包。

「我時間到了，先走一步。」

和端茶出來時一樣，她躡手躡腳走了出去。我們目送她離開。

博士陷入了更深層的沉思，根號把帽子玩得皺巴巴的。我深深嘆了一口氣。

「因爲是朋友。」我說道。

「難道不可以來朋友的家裡玩嗎？」

「你說誰和誰是朋友？」

「我、兒子和博士。」

寡婦搖著頭。

「你可能看走眼了，叔子根本沒有財產。他把從父母那裡繼承的所有一切都投進數學裡了，只是丟了進去，連一塊錢都沒有回收。」

「這和我沒有關係。」

「叔子沒有朋友。從來沒有朋友來找過他。」

「既然這樣，我和根號就是他第一個朋友。」

這時，博士突然站了起來。

「不行，不能欺侮小孩子。」

然後，他從口袋裡拿出一張紙，原以爲他要寫些什麼，沒想到他把紙放在飯桌中央，走出了房間，態度十分堅決，彷彿一開始他就決定要這麼做一樣。沒有憤怒，沒有混亂，只有寂靜籠罩著他。

我們三個人被他丟下，默默看著那張紙，一動也不動。紙上只寫了一行算式。

$$e^{\pi i}+1=0$$

誰都沒說一句話。寡婦不再搔桌面。我看到她眼裡的不安、冷淡和懷疑漸漸消失。那是一雙能夠正確理解算式之美的眼睛。

不久，曙光介紹所就通知我再去博士的家上班。到底是因為交換意見後，寡婦改變了主意，還是新的管家無法勝任，介紹所找不到其他人，真正的理由不得而知。總之，博士得到了第十一個藍星星，我也無法考證對我那種莫名其妙的誤會到底有沒有澄清。

無論我怎麼想，都覺得寡婦的抗議很奇怪。向介紹所告密後把我解雇，或是對根號造訪的誇張反應，都讓人覺得很不可思議。

看棒球的那天晚上，從中庭向偏屋窺探的果然是她。想到她拖著行走不便的腳，藏身在樹叢裡，緊緊握著枴杖的樣子，我忘記了她對我所有的誤會，反而為她感到悲哀。

有時候，我甚至覺得，金錢的問題只是幌子，其實是寡婦嫉妒我。她以自己的方式愛著博士，所以才把我當作眼中釘。她之所以禁止我去主屋，並不是因為要避開和小叔之間有什麼牽連，而是不想讓我涉入她和博士之間的關係，希望繼續維持祕密的關係。

重回博士家的第一天，剛好是七月七日，七夕。當博士出現在玄關，他那件貼滿紙條的衣服看起來好像繫滿了詩籤，袖口上還留著我和根號的那張紙條。

「你出生時的體重是多少？」

數字問答依然在玄關上演，但出生時的體重倒是新問題。

「3217公克。」

我忘記了自己出生時的體重，就報上了根號的。

「2的3217次方減1就是莫仙尼質數。」

博士喃喃自語，獨自走進書房。

這一個月，虎隊很賣力，正朝冠軍之路邁進。湯舟在那次的完投後，投手在打擊上的表現也可圈可點。但到了六月底就開始變調。到昨天爲止，已經連輸了六場，被慢慢追趕的巨人隊追上，掉到了第三名。

替補我的那位管家應該很細心，原先我擔心會影響博士研究而不敢動的那些數學書全被她收進了書架；放不進書架的，就塞在衣櫃上或沙發下方零星的縫隙裡。她分類的標準只有一種，就是按大小分類。雖然看起來清爽多了，卻也破壞了多年以來在這片混亂中蘊藏的秩序。

我突然擔心起來，慌忙開始找裝有棒球卡的那個餅乾盒，結果在離原來放著的書架不遠的地方找到了，墊在一堆書下做爲墊檔，讓書看起來更整齊。盒子裡的江夏很安全。

即使虎隊的排名改變了，書房變乾淨了，博士的生活卻一成不變。兩天之後，前任管家的努力立刻泡了湯，書房又恢復了令人懷念的樣子。

我珍藏著那天博士放在飯桌正中央的紙條。我很慶幸寡婦看到我伸手拿時，並沒有反對。我仔細折好，收在放有根號照片的票夾裡。

爲了瞭解那個算式的意義，我去了市立圖書館。雖然只要我問博士，他一定會馬上告訴我，但我有預感，自己摸索就能更深入瞭解其中的意義。只是預感而已，完全沒有根據。在和博士短時間的相處中，面對數字和符號時，我也能發揮和面對音樂、童話時相同的想像力。這個短短的算式有一種讓人難以割捨的分量。

自從去年暑假陪根號來借恐龍的書做暑假作業後，我就不曾踏進圖書館一步。數學的書都在二樓靠東那一區，在最角落只有我一個人，四周靜悄悄的。

書房裡的每一本書不是沾上了手垢，就是折起一角，或是夾著食物屑，留下了博士曾經翻閱的痕跡；但圖書館的書太乾淨了，令人難以接近。我覺得，在這些數學書中，一定有幾本一輩子都沒有任何人翻閱過。

我從票夾中拿出那張紙條。

博士一貫的筆跡，每個字都帶有弧度，有些筆劃的筆跡特別淡，但絲毫不覺潦草，反而在符號的形狀和0的閉合處感受到一份仔細。和紙條的面積相比，算式顯得很小，在中央略靠上方的位置，小心謹慎排列著。

重新審視這個算式，發現這個算式很奇怪。比起「長方形的面積等於長乘以寬」、「直角三角形斜邊的平方等於其他二邊平方」和這寥寥幾個我知道的公式，這個算式顯得特別不協調。出現的數字只有1和0，也只有一個加法計算，雖然簡單得不能再簡單了，但最前面的符號讓人覺得頭重腳輕。最後，只靠一個0支撐這麼大一個頭。

雖然我是來查資料的，但其實沒有任何線索。無奈之下，只能順手拿起幾本手邊的書隨便翻了起來。

每一本書都寫滿了數學。我實在很難相信，居然有人看得懂這種東西。難道這些書的每一頁都是解開宇宙奧祕的設計圖？還是抄下了上帝的筆記本？

在我想像的世界中，宇宙的造物主在遙遠的天際編織蕾絲，那裡用上等眞絲編織的能夠穿透任何微弱光線的蕾絲。只有造物主知道蕾絲的圖案，誰都無法搶走，也無法預測下一個圖案。編織棒永不停歇地編織著。蕾絲延伸到無邊的天際，隨波逐流，隨風飄揚，令人情不自禁伸出手，想要遮住光線。帶著含淚的雙眼，把臉貼近，用盡所有的方式，希望能以自己的語言重新編織這些圖案。即使只是一片小小的碎片，都想占爲己有，帶回地面。

突然我看到一本寫著關於費瑪最後定理的書。內容不像是一般的數學書，有點像是歷史讀物，我也看得懂一部分。我知道費瑪最後定理是個至今仍然沒找到答案的難題，但我驚訝地發現，定理的內容竟然能以這麼簡潔的算式表達。

當正整數 $n>2$ 時

方程式 $x^n+y^n=z^n$ 沒有正整數解

只是這樣而已？我差點叫了出來。我覺得應該有很多正整數符合這個公式。如果n是2，就是完美的畢達哥拉斯定理，但當n只增加1，就會破壞原有的秩序嗎？我站著一目十行地翻閱一下，發現這個命題並不是來自正式的論文，而是費瑪隨意寫下的，他因爲找不到空白的地方，所以沒有留下證明。之後，不計其數的天才挑戰了這個在數學世界中最完美的終點，但每個人都無功而返。想到一個男人的隨手一筆，竟然困擾了數學家整整三個世紀，不禁爲此感到唏噓。

我感受到上帝的筆記本之厚重，造物主的蕾絲之精巧。無論再怎麼努力順著一個圖案、一個圖案摸索前進，稍有不慎，就會失去前進的線索。以爲終於看到了終點，卻發現眼前出現了更複雜的圖案。

博士一定曾經抓住蕾絲的碎片。不知道他看到了什麼美麗的圖案。我默默祈禱，希望這些美麗的圖案仍然能夠印刻在博士的記憶中。

第三章介紹了費瑪最後定理並非只是滿足數學迷好奇心的拼圖而已，而是和數論的基本有著深刻的關聯。在中間的部分，我發現了和博士紙條上一模一樣的算式。漫無目的翻閱時，我沒有忽略一下子跳入視野角落的這行字。我把紙條和書逐字逐字比較，一點都沒錯。這個公式稱爲歐拉公式。

雖然立刻知道了公式的名字，公式的意義卻不那麼容易理解。我站在書架旁，讀了好幾次有關公式的內容，並按照博士的方式把特別難的部分小聲讀出來。數學書籍這一區還是只有我一個人，所以沒有影響到其他人。我豎起耳朵，傾聽自己被吸進數學書籍的聲音。

我知道 π 是圓周率。博士也教過我 i，是-1的平方根，虛數。傷腦筋的是

e。e和π一樣，都是不按任何規律循環的無理數，也是數學中最重要的常數之一。

首先，要瞭解什麼是對數。當某常數連乘n次成爲某數時，對數就是其指數値n，而常數稱爲底。例如，因爲$100=10^2$，故以10爲底時，100的對數（$\log_{10}100$）就是2。

平時使用的十進位，使用以10爲底的對數比較方便，以10爲底的對數稱爲常用對數；但在數學理論中，以e爲底的對數也發揮著不計其數的功能，稱爲「自然對數」，也就是e的幾次方是否能得到某個數值時的指數。e稱爲「自然對數的底」。

對於e的部分，根據歐拉的計算：

e = 2.71828182845904523536028……

永無止境持續下去……但計算式比數字簡單多了。

$$e=1+\frac{1}{1}+\frac{1}{1\times2}+\frac{1}{1\times2\times3}+\frac{1}{1\times2\times3\times4}+\frac{1}{1\times2\times3\times4\times5}+\cdots\cdots$$

雖然簡單，卻更加深了e的謎團。

這個所謂的自然對數，一點都不自然。如果不用符號表示，即使用再巨大的紙也無法寫完，用這種無法看到盡頭的數字爲底，簡直太不自然了。

就像螞蟻隨心所欲大排長龍，嬰兒隨便亂堆的積木一樣，這個沒有規律、永無止境的數列，竟然具備了合乎情理的意志，讓人無從著手。上帝的旨意太莫測高深了，然而，還是有人發現了上帝的旨意。但包括我在內的所有人，並沒有對此表示出應有的感謝。

沉重的書本讓我的手麻痺了，我甩了甩手，重新翻開書本，腦海裡想著這位十八世紀最偉大的數學家，雷奧哈爾德．歐拉。我雖然對他一無所知，但手拿這個公式，我覺得自己感受得到他的體溫。歐拉用了這個極不自然的概念，編織出一個公式。他從這些看似毫無關係的數字中，發現了彼此之間自然的關聯。

e的π和i之積的次方再加上1，就變成了0。

我重新看著博士的紙條。永無止境循環下去的數字，和讓人難以捉摸的虛數畫出簡潔的軌跡，在某一點落地。雖然沒有圓的出現，但來自宇宙的π飄然來到e的身旁，和害羞的i握著手。他們的身體緊緊靠在一起，屏住呼吸；但有人加了1以後，世界就毫無預警發生了巨大的變化，一切都歸於0。

歐拉公式就像是暗夜中閃現的一道流星，也像是刻在漆黑洞窟裡的一行詩句。我被這個公式的美深深打動，再度將紙條放進票夾。

走下圖書館的樓梯，我回頭看了一下，數學書籍區仍然沒有一個人影，一片寂靜，沒有人知道那裡隱藏著多麼美的事物。

第二天，我又去了圖書館，我還要查一件一直懸在心頭的事。我拿出一九七五年地方新聞的縮印版，耐心地一頁一頁翻閱厚厚的裝訂本。一九七五年九月二十四日的地區版上，刊登著我要找的報導。

二十三日下午四點十分左右，在◯◯町三丁目的國道二號線上，△△運輸的小貨車×××駕駛（28）超越中央分隔島，衝向對向車道，和◯◯大學數學研究所教授□□先生（47）所駕駛的小客車正面衝撞。□□的頭部受到撞擊，傷勢嚴重，同車的大嫂××（55）左腿嚴重骨折。貨車司機的額頭也受到輕傷。警察研判是貨車司機打瞌睡引起的，目前正在進一步調查……

我闔上裝訂本。耳邊響起寡婦用枴杖敲地的聲音。

之後，即使根號的照片已經褪了色，我仍然保留博士的那張紙條。歐拉公式成爲我的精神支柱，我的警句，也是我的寶貝，我的紀念。

我時常想，當時的博士爲什麼寫下這個公式。他既不大聲怒罵，也不敲桌子威脅，只寫了一個公式，就平息了寡婦和我的紛爭。而且，最後還讓我繼續回去當管家，也重新開始了和根號之間的交流。難道他一開始就算到了這一點？或是在一片混亂之下突發奇想的舉動，並沒有什麼特別的意義？

但有一點很清楚，他最擔心的是根號。他擔心根號覺得是自己的關係引起大人的爭吵，所以他用自己獨特的、也是他唯一能夠做到的方式，拯救了根號。

現在回想起來，博士對弱小者的愛是多麼純潔。就像歐拉公式永遠不會改變一樣，博士的愛也是永恆的眞實。

無論在任何情況下，博士都保護著根號。無論自己身處多大的困境，他都認爲根號比他更需要幫助，而自己也有義務要幫助根號。當他能夠完成他的義務，就會感到無上的喜悅。

博士的愛並不一定表現在行動上。許多時候，他是用一種肉眼看不到的方式加以傳遞，根號也能毫無遺漏加以感受。根號不會表現出一副理所當然的態度，也不會不經意忽略掉。他十分清楚，博士帶給他的這份愛，是多麼寶貴，多麼得之不易。根號不知道從什麼時候開始具備了這樣的能力，不得不令我感到訝異。

當博士發現自己的菜比根號多，就會沉下臉，向我提出警告。無論吃魚、牛排或是西瓜，他都認爲最好的部位要留給年紀最小的人。即使在研究懸賞問題進入佳境時，也預備了大把時間來陪根號。他最喜歡根號向他提問，他深信小孩子比大人更受到難題的困擾。他不僅告訴根號正確答案，更讓根號爲自己感到自豪。根號在博士的指導下得到答案，不僅覺得這個答案是多麼完美，更沉醉於自己竟然問了這麼棒的問題。博士也是觀察根號身體的天才，他比我更早發現根號有一根倒長的睫毛、耳朵旁長了一顆痘子。即使不曾上下打量，或是伸手觸摸，只要小孩子在他的面前，他一下子就能發現有什麼異樣。而且，他爲了避免根號感到不安，每次都是私下告訴我他發現的異狀。

至今，我仍然記得我在廚房洗碗時，博士在我背後小聲地說：「要不要帶他去檢查一下那個痘子？」

他的口氣，好像世界末日已經來臨。

「小孩子的新陳代謝很旺盛，痘子會越長越大，就會壓迫到淋巴結，也可能把氣管堵住。」

只要是關於根號身體的事，博士就顯得特別擔心。

「那用針把痘子刺破吧。」

當我不負責任地回應，博士就會很生氣。

「萬一細菌感染怎麼辦？」

「用瓦斯爐的火燻一燻，消毒一下就好了。」

我之所以故意說一些讓他著急的話，是因爲我發現他擔心得手足無措的樣子很有趣，也爲有人擔心根號而感到欣慰。

「不行。細菌會乘虛而入，萬一跑進血管，流到腦子裡去，可就不得了。」

直到我說「好，我知道了。我會馬上帶他去醫院」，博士才悄悄離去。

他對待根號的態度，就像對待質數一樣。就像他認爲質數是構成所有正整數的基礎一樣，他也認爲小孩子是大人不可或缺的原子，他堅信，託小孩子的福，自己才能夠在這裡存在。

我不時拿出那張紙條端詳。在無法成眠的夜晚，獨處的黃昏，想起思念的人而淚流滿面時，我都在那一行偉大的算式前低下頭。

8

七夕那天，阪神虎隊以0比1輸給大洋隊，已經連續輸了七場。管家的工作雖然隔了一個月，但很快就上手了。雖然博士大腦的損傷讓人感到不幸，但也因此立刻消除不愉快的記憶。寡婦和我之間的摩擦完全沒有在博士身上留下任何痕跡。

我把紙條換到夏天穿的西裝上，很小心保留在原來的位置。看到磨損的或字跡變淡的紙條，立刻重寫一張。

書桌抽屜中倒數第二個信封

函數論第二版Ｐ３１５～Ｐ３７２以及雙曲函數解說第Ⅳ篇第一章§17

碗櫃門打開左側角落茶罐裡的藥，每餐飯後吃

洗臉台鏡子旁的刮鬍刀刀片

蒸蛋糕的事，向√說謝謝！

雖然有些紙條看起來已經沒有用了（根號是在上個月把在家政課的烹飪實習做好的蛋糕帶回來給博士吃），但我不會擅自丟棄。我對這些紙條一視同仁。

看著這些紙條，我發現博士比表面上看起來更加小心謹慎，也感受到他並不希望別人察覺他的小心謹慎。所以，我克制住自己想要仔細研究這些紙條的好奇心，盡可能手腳俐落。貼完所有的紙條，夏天的西裝立刻精神抖擻，一副整裝待發的樣子。

博士正在研究一個前所未有的難題，據說是《JOURNAL of MATHEMATICS》創刊以來獎金最高的問題。當然，博士本身對獎金沒什麼興趣，只是單純深受難題的吸引。雜誌社的匯款通知單至今仍然放在玄關、電話旁或飯桌上，連信封都沒拆。即使我問他，要不要幫他去郵局領款，他也愛理不理的，最後，只好託介紹所交給寡婦。

看博士的樣子，我就知道這次的問題有多棘手。他思考狀態的密度似乎已經達到了飽和。他一走進書房就完全不發出任何聲音，我不禁擔心博士太深入思考會讓身體融化掉。靜寂中，突然傳來鉛筆在紙上疾走的聲音，鉛筆芯的滑動令我安下心來。這代表博士還活著，證明也小有進展。

博士每天早晨醒來的第一件事，就是確認自己罹患了多麼棘手的疾病。但他為什麼能針對一個問題持續思考，令我感到不可思議。博士在生病的一九七五年以前開始，就不曾做過數學研究以外的任何事，他幾乎是出乎本能坐在書桌前，將精力投注在眼前的問題。只有一本平淡無奇的筆記本和那些寫在紙片上、像繭一樣貼滿全身的記事條來彌補前一天思考結晶的消失。

有時候，正當我在準備晚餐，博士會突然出現在我的面前。處於思考狀態的博士很少來找我，甚至不多看我一眼。況且，我既沒聽到書房開門的聲音，也沒聽到他的腳步，更令我嚇了一跳。

我無法判斷向他打招呼會不會惹他生氣，只好默默繼續挖青椒的子，剝洋蔥的皮，不時抬眼看他。博士靠在廚房和飯廳之間的吧台旁，抱起雙臂，一言不發盯著我的雙手。我被他看得十分緊張，手腳也不靈活起來。我從冰箱拿出雞蛋，準備開始煎蛋。

「請問……您有什麼事嗎？」

我終於忍不住開口問道。

「你不要停下來。」

博士的口氣十分溫柔，我鬆了一口氣。

「我很喜歡看你做菜的樣子。」

博士說道。

我把雞蛋打在大碗中，用筷子打蛋汁。「喜歡」這句話一直縈繞耳邊，我盡可能讓腦筋一片空白，將注意力集中在雞蛋上，努力不受這句話的影響。調味料已經融進了雞蛋，蛋汁早已打勻，我仍然拚命攪動筷子。我不知道博士爲什麼說這句話。可能數學問題太難了，讓他的腦子出岔子了，除此以外我想不到其他理由。打蛋打得手都痠了，我停下筷子。

「你還要做什麼？」

博士的聲音很平靜。

「嗯……我想想看……要做……啊，對了，我要煎豬排。」

博士的出現讓我手忙腳亂。

「不是煎蛋嗎？」

「對，稍微放一下，比較入味。」

根號去公園玩，家裡只剩下博士和我。太陽西斜，樹木在院子裡灑下陰影。沒有一絲風，敞開窗戶旁的窗簾文風不動。博士用和思考時相同的眼神看著我，瞳孔的黑色變得很深濃，幾乎看得到眼睛深處；每一次呼吸，一根一根的睫毛就會隨之顫動。雖然焦點近在眼前，但他的眼神似乎看穿了遙遠的地方。我將麵粉撒在豬排上，放進平底鍋。

「為什麼要把肉搬來搬去？」

「因為平底鍋中央和四周的溫度不同，所以要不時改變位置才煎得均勻。」

「是這樣喔。原來是彼此謙讓，不要獨自霸占最好的位置。」

相較於他面對的數學問題之複雜，煎肉的方法簡直微不足道，但他卻若有所思點著頭，好像有了重大的發現。廚房飄出陣陣肉香。

接著，我將青椒和洋蔥切絲，做成沙拉，再用橄欖油做了沙拉醬，然後煎了蛋。原本想要把胡蘿蔔磨泥後偷偷混進沙拉醬，但在博士的監視下只能作罷。他不再說話。我把檸檬切成花的形狀，他屏息以待；我將醋和油調和後變成乳白色，他探出上半身；我將冒著熱氣的煎蛋放在吧台上，他嘆了一口氣。

「請問……」

我又忍不住問了。

「這有什麼好看的？只不過是普通的料理罷了。」

「我喜歡看你做菜的樣子。」

博士又說出和剛才一樣的回答，然後鬆開抱著的雙手，視線移向窗外，確認了第一顆星的位置後，再度走進書房，和出現時一樣悄然無聲。夕陽灑落在他的背上。

我交替看著完成的料理和自己的手。逐一審視裝飾著檸檬花的煎豬排、蔬菜沙拉和黃色香嫩的煎蛋。每一道都是家常菜，卻很可口，足以爲一天畫上幸福句點的料理。我再度將視線落在自己的手上，沉醉在一種可笑的滿足中，彷彿自己完成了足以和證明費瑪最後定理相提並論的偉業。

過了梅雨季節，小學放暑假了。在巴塞隆納奧運開幕後，博士的奮鬥仍然持續。我一直期待他要求我把完成的證明寄到《JOURNAL of MATHEMATICS》，但始終沒有消息。

連日的悶熱，偏屋沒有冷氣，通風也不佳，我們忍耐著沒有半句怨言，但博士的忍耐度超過任何人。即使氣溫超過三十五度的大白天，他仍然關緊書房的門，在書桌前正襟危坐，一整天不曾脫下西裝。他似乎擔心一旦脫下西裝，至今完成的證明也將徹底崩潰。筆記本被汗水沾濕變了形，全身長滿汗疹，旁人都覺得很痛。然而，當我拿電風扇進去，建議他去沖個澡，或勸他多喝些麥茶，他都嫌我囉嗦，將我趕出書房。

學校放暑假後，根號每天早晨都跟著我來偏屋。雖然因爲上次發生過那樣的事，我並不贊成根號一整天留在這裡，博士卻不讓步。照理說，博士除了數學以外，對於其他方面的常識應該很缺乏，但他很清楚小學生的暑假很長，很堅持「小孩子應該留在母親身邊」的一貫主張。根號整天和同學在公園裡玩棒球，根本不做功課，下午又跑去學校的游泳池游泳，根本靜不下來。

七月三十一日星期五，證明終於完成了。博士既沒有顯得特別興奮，也沒有面露疲態，只是淡淡地將稿子交給我。因爲第二天是星期六，我立刻跑去郵局，希望趕在當天的收件時間前寄出去。看到信封蓋上「快遞」的印章，確認信已經交寄，突然心情大好，回家的路上還特地去買了一些東西：爲博士買了新的內衣，又買了很好聞的香皂，還買了冰淇淋、果凍和羊羹。

回到偏屋，博士又恢復了原狀，已經不認識我了。我看了一下腕表，從出門到現在只過了一小時十分鐘。

以前，博士從來不曾搞錯八十分鐘的時間。他的大腦計算的八十分鐘比時鐘更精確，更冷酷。

我搖了搖腕表，放在耳邊確認到底是不是停止不走了。

「你出生時的體重是多少？」博士開口問道。

時序進入八月後不久，根號去參加五天四夜的露營。根號一直很期待這個接受十歲兒童報名的露營活動，雖然是生平第一次離開我，卻絲毫沒有傷感的樣子。在集合的巴士站，好幾對母子依依不捨，隨處可見母親們臨行前細心叮嚀的溫馨場景。我也不免俗地叮嚀他天氣冷的時候要穿外套，不要弄丟健保卡之類的，但根號充耳不聞，巴士一到，第一個衝了上去，最後只是出於禮貌從窗戶向我揮了揮手。

根號去露營的第一天晚上，我很不想回到空無一人的家裡，洗完碗後，仍然東摸西摸了好一陣子。

「要不要我切水果給您吃？」

聽到我的問話，博士躺在安樂椅上轉過頭來。

「麻煩你了。」

太陽應該還沒下山，但雲層漸漸厚了起來，院子裡夾雜著黃昏的昏暗和夕陽，好像蒙上一層淡紫色的玻璃紙。有點起風了，我切好哈密瓜，遞給博士，在安樂椅旁坐了下來。

「你也一起吃吧。」

「謝謝，您不要客氣。」

博士用叉子壓著果肉，果汁四射，吃起哈密瓜來。

根號不在，沒有人打開收音機，一片寂靜。主屋也靜靜的，只有蟬兒叫了一聲，又立刻恢復寧靜。

「你要不要吃一點？」

博士把最後一片遞到我面前。

「不，我不要。您請用吧。」

我用手帕幫博士擦拭嘴角。

「今天眞熱。」

「對啊。」

「我在浴室裡放了汗疹的藥，一定要擦喔。」

「如果我沒忘的話……」

「聽說明天會更熱。」

「每天都說熱啊熱的，夏天就這麼過去了。」

院子裡的樹叢突然沙沙作響，天色一暗。遠處的夕陽一下子被黑暗吞噬了。

遠處傳來轟轟的打雷聲。

「啊！打雷了。」

我和博士同時叫出聲來。

嘩的一聲下了雨。一大顆，一大顆，清楚分辨的豆大雨滴。屋頂立刻傳來雨滴敲打的聲音。我正準備關上窗戶，博士卻說道：「不用關，沒關係。打開窗戶比較舒服。」

窗簾一被風吹起，雨就飄進來，打在我們的腳上。博士說的沒錯，涼涼的，很舒服。太陽早已躲得無影無蹤，只有忘了關的廚房燈光淡淡照在院子裡。躲在樹叢中的小鳥飛走了，糾纏在一起的樹枝低垂著，不久，視野範圍內的所有一切都籠罩在雨中。有一種泥土融化的味道。雷聲漸漸近了。

我想起了根號。他知道雨衣放在哪裡嗎？早知道就多給他帶一雙球鞋。不知道他會不會吃太飽了？他會不會頭髮濕濕的就睡著了，希望他不會感冒。

「不知道山裡會不會下雨？」我問道。

「嗯，山裡應該已經伸手不見五指了吧。」

博士瞇起了眼睛。

「可能又要重新配老花眼鏡了。」

「剛才的雷會不會打到山那裡？」

「爲什麼你一直擔心山裡的事？」

「因爲我兒子去露營了。」

「兒子？」

「對。十歲了。調皮的小男生，很喜歡棒球。您幫他取了個名字，叫根號。他的頭頂很平坦。」

我再度說明已經重複說過無數次的話。無論博士問多少次相同的問題，無論我們必須回答多少次相同的答案，都絕對不能露出不耐煩的神情，這是我和根號的約定。

「喔，是嗎？你有個兒子啊，很好，很好。」

一提到根號，博士的表情就顯得很有活力，每次都一樣。

「小孩子夏天去露營是健康和平的象徵。太好了。」

博士靠在坐墊上，打了個呵欠，口氣裡有哈密瓜的味道。

一道閃電後，響起一陣更響亮的雷聲。這道光穿破黑暗，劃破天空，即使消失，仍然讓人看得出神。

「剛才這個一定打到山裡了。」

我說道。博士只「嗯，嗯」了二聲，沒有回答。地上都被雨打濕了。我幫博士捲起褲腳，以免被雨水淋濕。博士似乎很怕癢，不停動著雙腿。

「雷會打到比較高的地方，所以山裡比平地更危險。」

原以爲數學是理科系的，博士對雷的知識應該比我豐富，但似乎我的想法並不正確。

「今天的第一顆星的輪廓很模糊。這種日子通常很容易下雨。」

博士的回答和數學的嚴謹背道而馳。

雨勢越來越強，毫無停歇的樣子，閃電接二連三，雷聲震得玻璃窗直搖。

「我好擔心根號。」

「我曾經在一本書上看到，父母擔心兒女是一種考驗。」

「說不定他的行李都淋濕了，不知道該怎麼辦。露營活動還有四天耶。」

「雨一下子就停了。只要明天太陽一出來，馬上就曬乾了。」

「萬一根號被雷打到怎麼辦？」

「機率很低啦。」

「如果雷直接打到阪神虎隊的帽子上……他的頭形很特別耶。博士您也知道，和根號符號一模一樣，誰都模仿不來的，只有他是那種形狀。說不定雷也喜歡這種頭形。」

「不，尖尖的腦袋才危險，很可能被誤認爲是避雷針。」

以前，只要一提到根號，博士就顯得特別擔心，這次卻一直安慰我。一陣強風吹來，樹叢搖個不停，暴風雨越大，偏屋就顯得越寧靜。主屋二樓的房間開著燈。

「根號不在，覺得心裡空空的。」我說道。

「空空的，代表0的意思嗎？」

我還沒回答，博士又輕聲說道：「也就是說，目前，0就在你的心裡。」

「嗯，應該是這樣吧。」

我無力地點著頭。

「你不覺得發現0的人很偉大嗎？」

「0不是很久以前就有的嗎？」

「很久以前是多久以前？」

「我也不知道。應該打從人類誕生的時候開始，0這種東西就有了吧。」

「你覺得在人類誕生時，0就像花和星星那樣，已經出現在人類的面前嗎？你以爲不費任何力氣就能得到這份美麗嗎？啊，眞是天大的誤解。你應該更感謝人類的進步有多麼偉大。再怎麼感謝也不嫌多，也不會有人怪罪的。」

博士從安樂椅上坐起上半身，抓著自己的頭髮，一副發自內心的懊惱。頭皮屑掉進了裝哈密瓜的盤子，我立刻把盤子擱到椅子下方。

「那，到底是誰發現的？」

「是個名不見經傳的印度數學家。他從公眾浴場的爐子中拯救了被異教徒糟蹋的希臘數學，使流失的定理復活，並創造了新的真理。古希臘的數學家都認爲沒必要計算什麼都沒有的狀態。既然沒有，就無法用數字來表示。但有人顛覆了這個合理的邏輯，用數字表現了無的狀態，把不存在變成了存在。你不覺得太美妙了嗎？」

「對，我也這麼覺得。」

雖然我不知道爲什麼印度的數學家取代了我對根號的擔心，但還是同意博士的意見。我從以往的經驗中瞭解，只要博士熱心說明的事，必定是美妙的事。

「多虧偉大的印度數學家發現了上帝筆記本上的0，才得以翻閱以前不曾開啓的篇章，對不對？」

「沒錯。你說的完全正確。你很機靈，雖然比較缺乏感謝之心，但具備了看透數學整體的大膽。來，你看一下這裡。」

博士從口袋裡掏出鉛筆和便條紙。是我熟悉的動作，也是他表現得最靈活的時刻。

「正因爲有了0，才能夠區別這兩個數字。」

博士把紙放在安樂椅的扶手上，寫下38和308。在0的下方畫了二條橫線。

「38是由三個10及八個1組成的。308是由三個100、零個10及八個1組成的。十位數是空的，所以，就用0來表示這個空位。瞭解嗎？」

「是。」

「很好。假設這裡有把尺，是一把刻度爲1釐米、長30公分的尺。每1公分、每5公分就有一個大的刻度。尺的最左端是什麼？」

「是0。」

「很好，越來越有感覺了。最左端的刻度是0。尺是從0開始的。只要把想量的地方對準0就知道長度。如果是從1開始，就會變得很麻煩。現在，我們能夠隨心所欲使用標尺，也是拜0所賜。」

雨下個不停。遠處傳來警車的聲音，雷聲漸漸消失了。

「但令人驚訝的是，0不僅是符號和基準，也是如假包換的數字。比最小的正整數1還小1，這個數字就是0。即使0出現以後，也不破壞計算規則的統一性。相反的，更強調了計算中的無矛盾性，使計算更有秩序。你想像一下，假設有一隻小鳥停在樹梢上歡啼。牠的小嘴很可愛，羽毛上有美麗的圖案，讓人情不自禁看得入了神。正當你輕輕呼吸，小鳥飛走了。樹梢上已經沒有了鳥的影子，只剩枯葉慢慢搖動。」

博士指著院子裡的一片黑暗，彷彿真的有一隻小鳥飛走了。雨繼續下著，夜色更深了。

「1－1＝0。你不覺得很美嗎？」

博士轉過頭來看著我。一陣轟隆隆的雷聲打到地上，主屋的燈光閃了閃，一下子什麼都看不到了。我抓緊了他的西裝袖口。

「沒關係，放心吧。根號這個符號很牢固，會保護所有的數字。」

博士說完，輕輕拍了我的手。

根號如期回來了，帶回以細樹枝和橡實做的沉睡兔子的小擺設。博士把它放在書桌上，在兔子腳邊貼上一張寫著「根號（管家的兒子）送的禮物」的紙條。

我問他露營的第一天有沒有被雷雨淋到，根號卻回答一滴雨都沒下。後來才知道，那天的雷打到了附近神社的銀杏樹。偏屋又恢復了酷暑和蟬鳴，淋濕的窗簾和地板一下子就乾了。

根號最關心的還是阪神虎隊的成績。雖然他原本期待阪神虎隊在他露營期間，能變成第一名，但事情沒有想像的那麼輕鬆。燕子隊升上第一名，虎隊被擠到了第四名。

「我不在的時候，你們有沒有為阪神虎隊加油？」

「有，當然有。」

博士回答道。根號懷疑虎隊成績不好都是因為博士偷懶，沒有好好加油。

「但你根本不知道怎麼開收音機啊？」

「你媽媽有教我。」

「眞的嗎？」

「當然是眞的。而且，你媽媽還調大聲音，讓我能聽到棒球比賽。」

「如果只是傻傻聽著，他們怎麼可能贏。」

「我當然知道。我加油得很賣力。我一直對著收音機拜，請它讓江夏三振對手。」

博士找了很多理由，想要讓根號釋疑。

於是，一到傍晚，飯廳又響起了收音機的聲音。

收音機放在飯廳碗櫥的上方。自從拿去修理、做爲根號完成習題的犒賞後，收音機的播音一直很正常。雖然有時候雜音很大，但那一定和機械無關，而是偏屋的地形有問題。

晚場的實況轉播開始以前，收音機一直調在很小的音量。我在廚房準備晚餐的聲音、機車穿過門前時傳來的引擎聲、博士的自言自語和根號的噴嚏聲，淹沒了收音機的聲音。只有當一切回歸寧靜，才聽見收音機發出的音樂聲。不知道爲什麼，雖然收音機裡放出各種音樂，每一首曲子聽起來都很熟悉，卻怎麼也想不起歌名。

博士在窗邊的指定席那張安樂椅上看書。根號在飯桌上打開筆記本，不知道寫些什麼。封面上的「整係數三次形式No.11」用兩條線劃掉了，根號自己寫上「阪神虎隊筆記本」。他用博士不需要的筆記本記錄虎隊的成績。所以，筆記本的前三頁寫滿了令人費解的算式，後面開始就是仲田的防守率和新庄的打擊率。

我揉著做麵包的麵團。我們三個人討論後決定晚餐要吃久違的麵包。新鮮出爐的麵包，放上自己喜歡的起司、火腿和蔬菜一起吃。

太陽下山後，暑氣依舊逼人。可能是白天被太陽照射的樹葉開始散發體溫，敞開了窗戶也沒有一絲風，只有熱氣不斷。根號從學校拿回來的牽牛花盆栽也合起了花瓣，已經做好了睡眠的準備。院子裡最高的油桐樹上，幾隻蟬停在樹蔭下歇腳。

剛發酵完的麵團很柔軟，我每次都忍不住想戳一下。流理台上、地上都是麵粉，成了一片白色。每次伸手抹去額頭的汗水，我的臉上就沾滿麵粉。

「博士。」

根號手拿鉛筆，眼睛盯著筆記本，叫著博士。天氣實在太熱了，他只穿了一件汗衫和內褲。他剛游完泳回來，頭髮還濕濕的。

「什麼事？」

博士抬起頭，老花眼鏡已經掉到鼻尖了。

「什麼是壘打數？」

「就是安打打到的壘數。一壘安打就是1，二壘安打就是2，三壘安打就是3。所以，全壘打的話就是……」

「4。」

「完全正確。」

博士露出滿心的喜悅。

「你不要打擾博士的工作。」

我把麵團撕成小塊，揉成相同的大小。

「我知道。」根號回答說。

天空中沒有一片雲，綠意十分刺眼，樹影在地面晃動。根號扳著手指，計算壘安打數。我打開烤箱。收音機的音樂被雜音打斷了，一下子又恢復了正常。

「那……那……」根號又叫道。

我問：「什麼事？」

他卻說：「我不是叫媽媽啦。要怎麼算打點？」

「只要把比賽場數乘以3．1就行了。小數點以下不計。」

「要不要四捨五入？」

「啊，對喔。來，你拿給我看一下。」

博士闔上書本，放在椅子上，走到根號身旁。身上的紙條發出沙沙、沙沙的聲音。博士一隻手撐在飯桌上，另一手搭在根號的肩上，兩個人的身影重疊在一起，根號在椅子旁動動腳。我把麵包放進烤箱。

不久，傳來棒球實況轉播開始的音樂。根號伸出手，將音量調大。

「今天一定不會輸。」

根號每天都這麼說。

「會不會是江夏先投？」

博士拿下老花眼鏡。

我們想起了還沒有被任何人踏過的投手區。泥土吸飽了水分，看起來很黑。壓得平平的，感覺涼涼的。

「阪神加油。今天的投手是……」

球場內的廣播淹沒在觀眾的歡呼聲和收音機的雜音中。我們的腦海裡浮現出先發投手穿著釘鞋走向投手丘時留下的腳印。飯廳飄滿了麵包的香味。

9

暑假接近尾聲的某一天，博士的牙齦腫得連外人都看得出來。那天，虎隊在夏季巡迴賽以十勝六敗、和第一名的養樂多隊比數相差2·5的成績，回到了甲子園。

博士一直沒說，獨自忍受著疼痛。只要將對根號注意力的幾分之一放在自己身上，就不會發展到這個地步了。我發現時，他的左側臉頰已經腫得變形了，連嘴巴都張不開。

帶博士去看牙醫要比去剪頭髮和看棒球比賽簡單多了。由於實在太痛，他連說歪理的力氣都沒有，嘴唇也動不了，即使想說也說不出來。博士換了件襯衫，穿上鞋子，乖乖走路去看牙醫。他彎著背，忍著痛，縮在我撐的陽傘下。

「你一定要在這裡等我。」

博士坐在候診室的椅子上，用不太靈光的舌頭再三叮嚀。可能是怕我聽不懂他在說什麼，也可能只是不信任我，在等候看診的時候，幾乎每隔五分鐘就說一次相同的台詞。

「我在治療時，你不能偷偷跑掉。一定要坐在這裡的這張椅子上等我。知道了嗎？」

「那當然。我不會丟下博士不管、一個人走掉的。」

我撫摸他的背，希望可以緩和一點他的疼痛。其他病人都低著頭，努力克制對我們的好奇。我已經十分清楚在這種尷尬的氣氛下該採取怎樣的態度。只要像畢達哥拉斯定理那樣，或是像歐拉公式一樣表現出毅然堅定的態度就行了。

「眞的喔？」

「當然，您別擔心。我會一直在這裡等您。」

雖然我知道即使我這麼說也無法讓他放下心來，但我仍然不厭其煩回答相同的答案。通向診療室的門即將關上的最後一刻，博士還回過頭來，確認我的身影。

診療的時間比想像中更長。博士後面的病患已經付了錢離去後，仍然沒看到博士的身影。他既沒有清潔假牙，平時也不刷牙，治療時應該也不會很配合，想必讓牙醫傷透了腦筋。我不時伸長脖子，從掛號的窗口張望，只能看到博士的後腦勺。

治療終於結束。他走出診療室時，露出比忍痛時更不高興的神情。滿臉疲態，額頭上滲著汗珠，不停吸著鼻子，生氣地捏著因為麻醉而麻痺的嘴唇。

「還好吧？一定很累吧。來……」

我站了起來，向他伸出手，他卻自顧自走了過去，看也沒看我一眼，還推開我的手。

「怎麼啦？」

博士顯然沒聽到我的聲音。他甩開拖鞋，站立不穩地穿上鞋子，直接走了出去。我慌忙付了錢，還來不及預約下一次的時間就追了出去。

博士正準備穿過第一個十字路口。回家的方向雖然沒有錯，但他完全不顧來往的車輛，連紅綠燈也不看，就想直直衝到馬路中央。我從來沒想到他會走得那麼快。從背後就看得出他很不高興。

「等一下。」

我大聲叫，想叫住他，但只有過往行人向我投以訝異的眼神。盛夏的太陽當頭照著，熱得眼冒金星。

漸漸的，我也開始生氣了。只不過是看個牙齒，爲什麼要發這麼大的脾氣？如果不及時治療，後果更不堪設想。反正早晚都要治療，這麼一點痛，連根號也忍得下來。對了，早知道應該帶根號一起來，博士就不會那麼孩子氣了。我明明遵守他的叮嚀，一直坐著等他……

讓他去發脾氣好了。我突然想要作弄他一下，故意放慢腳步，不再追他。博士還是老樣子，即使有人對他按喇叭，即使差點撞到電線杆，他也絲毫不予理會，眼睛盯著前方拚命走，似乎有什麼急事要趕回家裡。出門前還梳整齊的頭髮變得十分凌亂，整件西裝皺巴巴的。雖然我和他之間有一段距離，他卻顯得比實際更矮小。博士的身影不時消失在刺眼的陽光下，靠著那些被陽光照得發亮的紙條我才不至於跟丟了他。那些紙條綻放出複雜的光芒，好像是告知博士身處何處的暗號。

我突然想到一件事，換手撐住陽傘，然後，看了一下腕表。憑著模糊的記憶，計算起博士走入診療室的時間。十分、二十分、三十分……手指點著腕表上的刻度。

我奔向博士的背影。即使拖鞋都快掉了，我仍然奮力追著那些閃亮的紙條。那些紙條已經轉入下一個街角，即將被街道吞噬。

博士在浴室洗澡時，我整理了《JOURNAL of MATHEMATICS》。雖然博士很認眞研究懸賞問題，卻絲毫不重視這本雜誌，除了懸賞問題的那一頁，幾乎沒有翻閱過其他內容，就隨意丟在書房的各個角落。我撿起這些雜誌，按期號順序排列，檢查目錄後，只留下刊登了博士獲得獎金證明的雜誌。

找到博士名字的機率很高。在目錄中，獲獎者項目的字體特別大，而且用特別的邊飾框了起來，很快就能找到。博士的名字漂亮而又自豪地印在上面。證明內容變成印刷字體後，雖然缺少了手寫的溫暖，卻增添了高貴感，即使是我也看得出其中不可動搖的邏輯。

長時間的寧靜使書房變得比剛才更加悶熱。我將沒有刊登博士證明的雜誌裝進紙箱裡，想起在牙醫診所發生的事，又重新計算了一次時間。原以爲候診室和診療室雖然隔開一道門，但畢竟是在同一幢房子裡，看來是我太大意了。無論在任何情況下，和博士在一起時，都應該注意到八十分鐘的時間限制。

然而，無論算了多少次，我和博士分開的時間都絕對沒超過六十分鐘。

我告訴自己，數學家也是活生生的人，不可能永遠保持不多不少八十分鐘的周期。不僅每天的天氣不同，接觸的人也不一樣，身體也有不舒服的時候，尤其當時他牙痛得要命。當一個陌生人拚命弄他的嘴巴，搞得他精神緊張，八十分鐘錄影帶的迴轉難免異常，一點都不奇怪。

博士的證明一一堆在地上，已經超過了我的腰部。想到這些看似平凡的雜誌中，博士的證明像寶石般閃著光芒，覺得眼前的雜誌也變得可愛起來。我將雜誌一本一本排列整齊。這些是博士爲數學消耗的能量的累積，也證明了他的數學能力絕對沒有因爲那次的意外受到影響。

「你在幹什麼？」

博士不知什麼時候已經洗完了澡，頭探進書房問話。可能是因爲麻醉還沒有消退的關係，他嘴唇還是歪歪的，但臉頰已經沒剛才那麼腫了。心情也好多了，似乎也不痛了。我悄悄瞄了一下掛鐘，發現他在浴室的時間沒有超過三十分鐘。

「我在整理雜誌。」

「辛苦你了。怎麼那麼多？雖然很重，但可不可以請你幫我拿去丟掉？」

「不可以。怎麼能丟掉？」

「爲什麼？」

「因爲，這些都是博士您完成的。都是您一個人完成的。」

博士一言不發，以納悶的眼神看著我。從頭髮滴下的水滴打濕了紙條。

一整個上午都叫個不停的蟬終於歇了嘴，院子裡充滿夏天的烈日。但睜大眼晴仔細看，不難發現群山後方的天空中飄著一絲秋天的雲彩。剛好是第一顆星升起的那片天空。

根號開學後不久，《JOURNAL of MATHEMATICS》就寄來博士獲得懸賞問題頭獎的通知。就是博士整個暑假都在思考的那個懸賞問題。

但果然不出所料，博士並沒有面露喜色，甚至沒有仔細看雜誌社寄來的明信片就丟在飯桌上，沒有說一句感想，也沒有浮現一絲笑容。

「這是數學月刊創刊以來最高的獎金耶！」

我提醒他。我沒自信讀出該雜誌的英文全名，都用我自創的簡稱。

「喔……」

博士興趣缺缺，嘆了口氣。

「您費盡千辛萬苦才解出那道題目。不吃不喝的，也沒有好好睡覺，從早到晚都在數學的世界徘徊，全身長滿汗疹，連衣服上都冒出鹽漬了。」

我知道博士已經喪失了關於解題的記憶，所以我要讓他瞭解自己曾經付出的努力。

「我記得很清楚，您交給我的那份證明有多厚，有多重。我也不會忘記當我在郵局窗口交寄時，心裡有多自豪。」

「喔，是嗎……嗯。」

無論我說什麼，博士的反應都冷淡得令人著急。

是數學家都對自己的成就這麼不以爲然，還是博士的個性使然？數學家應該也會追求名利，也應該想要贏得數學之外的世界的矚目，所以數學才能成爲一種學問發展至今。我想，問題應該出在博士的記憶結構上。

總之，博士對已經完成的證明，態度冷淡得令人驚訝。傾注了無限的愛的對象出現眞實面貌，向他回眸，他卻突然閉上了嘴，變得謹言愼行。既不向對方訴說自己曾經傾注了多少熱情，也不要求回報；確認對方是否眞的圓滿後，就靜靜繼續前進。

並非只對數學如此。當他背著受傷的根號去醫院，或者挺身爲根號擋界外球，都不知道該如何接受我們的感謝。他既不是頑固，也不是耍個性，而是無法理解我們爲什麼要這麼感謝他。

博士始終認爲自己所做的微不足道。既然自己做得到，別人也能做到。

「我們來慶祝一下。」

「這種事不值得慶祝吧。」

「大家一起爲經過努力才獲得頭獎的人慶祝，快樂就會倍增。」

「我沒什麼高興的。我只是看到了上帝的筆記本，把上面的東西抄下來而已……」

「不。我們要慶祝。即使博士不想慶祝，我和根號很想要熱鬧一下。」

一聽到根號的名字，博士的態度明顯有了改變。

「啊！對了。和根號的生日一起慶祝吧。九月十一日。如果博士一起慶生的話，他一定很高興。」

「幾歲的生日？」

我的策略奏效了。博士立刻對事情的演變表現出興趣。

「十一歲。」

「11……」

博士探出身體，眨了幾下眼睛，抓著頭髮，頭皮屑都掉到了飯桌上。

「對。11。」

「美麗的質數。是在所有質數中，特別美的質數。而且是村山的球員號碼。太了不起了。」

與數學證明獲得頭獎相比，我並不認爲每個人每年都會過一次的生日有什麼了不起，當然，我並沒有說出口，反而表現出贊同的態度。

「太好了。我們來慶祝。小孩子需要祝福，慶祝再多次也不嫌多。只要有好吃的東西，有蠟燭和掌聲，小孩子就會覺得很幸福。太容易了，對不對？」

「對，您說的對。」

我拿起麥克筆，在飯廳月曆的九月十一日上畫了一個很大的圓，再怎麼迷糊的人也不會漏看這個日子。博士寫了一張新的紙條「九月十一日（星期五）慶祝根號的生日」，在胸口前最重要的紙條下方硬擠出一個空位，把紙條夾了上去。

「嗯，這樣就行了。」

博士看著新加入的紙條，滿足地點著頭。

和根號商量後，決定送江夏的棒球卡做爲博士的禮物。趁著博士在飯廳打瞌睡，我偷偷給根號看書架上的餅乾盒。他特別感興趣，忘記不能被博士發現，一屁股坐在地上一張一張拿出來，正面、反面的每個角落都看得仔仔細細，發出感歎的聲音。

「這是博士的寶貝，小心不要弄髒了，也不要折到了。」

即使我在一旁提心吊膽叮嚀，他也充耳不聞。

那是根號有生以來第一次接觸到棒球卡。他曾經看過同學蒐集的，隱隱約約知道有棒球卡這種東西，但我想他應該是在無意識中避免自己和棒球卡有任何關聯。他從來不曾爲了興趣愛好，而且是個人的興趣愛好，向我要過錢。

然而，看過博士的收藏品後就一發不可收拾了。根號發現那是另一個棒球的世界，充滿了和實際棒球不同的魅力。小小的棒球卡像守護天使般守護著收音機和球場上的棒球賽。捕捉瞬間的照片的韻味、令人引以爲傲的紀錄、令人嚮往的逸事、掌心大小的長方形、在陽光下閃亮的包裝套……有關棒球卡的一切，都深深吸引了根號。想到博士爲了蒐集這些棒球卡所付出的充滿喜悅的勞力，更令他產生無限嚮往。

「你看，這張江夏，連汗飛出去的樣子也拍出來了。」

「哇，是巴奇，他的手好長。」

「這裡的更棒，是豪華版耶，有特殊加工。放在電燈下，江夏的樣子就會變立體的。」

根號不時表達自己的驚訝，徵求我的同意。

「好，我知道了，趕快收起來。」

我聽到飯廳的安樂椅發出吱吱咯咯的聲音，博士差不多該醒了。

「下次拜託博士讓你慢慢看。順序沒搞錯吧？博士分得很清楚……」

我話還沒說完，不知道是因爲這些球卡太重了，還是他太興奮，一不小心餅乾盒掉在地上，發出很大的聲音。由於球卡塞得很密，所以並沒有掉出來很多，但還是有一部分卡片（大部分都是二壘手）撒在地上。

我們慌忙把球卡放了回去，還好，密封套都沒有破損，卡片也沒有裂痕。但由於博士的收藏品在餅乾盒裡保存得太完美了，只要有一小部分潰散，便像是受了無可挽回的傷，也因此讓我們更加心急如焚。

博士應該醒了。其實，只要根號要求，博士一定會爽快答應讓他看這些球卡，根本不需要偷偷摸摸，但不知道爲什麼，在棒球卡這件事上，我特別有所顧忌，沒想到這種顧忌反而造成了難堪的結果。我自以爲是地認爲，或許博士並不想讓別人看到這些球卡，就好像少年會把只屬於自己的祕密藏在某個地方一樣。

「這張是白坂，是ka行，所以鎌田實要放在這張後面（編注：白坂的發音爲shirasaka；鎌田的發音爲kamata）。」

「這個名字要怎麼讀？」

「上面不是注明讀音了嗎？本堂康，所以，要放在更後面。」

「媽媽，你認識他嗎？」

「不認識。既然有他的球卡，應該是個好球員吧。好了，別管這些了，快，動作快。」

我們專心地一張一張將卡放回博士規定的地方。當我拿著「本屋敷錦吾」的球，我突然發現餅乾盒的底是雙層的，餅乾盒的底比長方形的長更深。

「等一下。」

我制止根號，把手指伸進二壘手區的空隙。沒錯，底部眞的有兩層。

「怎麼啦？」根號納悶問道。

「沒關係，交給媽媽吧。」

不知道爲什麼，之前的顧慮一下子煙消雲散。我叫根號從書桌抽屜裡拿出尺，避免球卡散落的同時，把尺插了進去，把底抬了起來。

「你看。卡片下面好像有東西。媽媽把這個拿起來的時候，你能不能幫我拿出來。」

「嗯，好。」

根號小小的手指滑進縫隙，巧妙取出放在下面的東西。

是一篇數學論文。英文打字，封面上印著大學校徽般的圖案，是近百張的證明內容，上面清清楚楚用黑體字印著博士的名字。日期是一九五七年。

「是博士解答的算術嗎？」

「應該是。」

「爲什麼要藏在這裡？」

根號覺得不可思議。我立刻心算1992減1957。當時，博士只有二十九歲。不知道什麼時候，飯廳已經沒有任何聲響，安樂椅的咯吱聲也聽不到了。

我一手拿著「本屋敷錦吾」，翻閱論文。看得出這份論文和棒球卡一樣珍藏。紙張和打字機的字雖然陳舊，卻完全沒有損傷的痕跡。既沒有折痕、皺褶，也沒有污髒，和那些棒球卡完全一樣。而且，可能是一位優秀的打字員打的字，整篇論文完全沒有錯字。字字整齊，沒有一釐米的差錯，維持九十度的角度，紙張的光滑依舊。即使是高貴的國王的遺物，也不會被如此厚葬。

我借鑑了曾經接觸過這份論文的人的謹慎，也以根號剛才的失敗爲教訓，小心翼翼翻閱。即使經歷了長眠，也無損於博士論文之尊貴。既沒有被球卡的重量壓垮，也沒有吸收餅乾的味道。

看完第一頁，我只看得懂第一行的「Chapter 1」，翻閱幾頁後，看到了阿廷和幾個認識的詞。我想起那次剪頭髮的回家路上，博士用樹枝在公園地上向我說明的阿廷猜想，以及在後面寫上關於我說的完全數28的算式、櫻花的花瓣紛紛飄落在地面上一整片算式的情景，一一浮現在我的腦海。

這時，從論文中掉下一張黑白照片，根號撿了起來。照片好像是在哪裡的河邊拍攝的，博士坐在長滿紫花酢漿草的斜坡上，輕鬆地伸出雙腿，在刺眼的陽光下瞇起眼睛，年輕又帥氣。雖然也和現在一樣穿著西裝，但渾身散發出才氣。而且，西裝上沒有一張紙條。

博士的身旁有一個女人。裙子的下襬稍稍膨起，只能看到鞋尖，頭微微靠向博士。雖然他們的身體沒有絲毫接觸，卻能感受到他們之間的濃情。無論經過多麼漫長的歲月，都看得出那個女人就是主屋的寡婦。

除了博士的名字和「Chapter 1」以外，我還看懂了一行字。在封面的最上方，成爲證明開始之前的序言。只有那一行不是打字，而是手寫字。

～謹獻給永遠的至愛N　一個無法將你忘懷的人～

雖然決定要送江夏的棒球卡給博士做爲禮物，但實際尋找，才發現事情並不如想像的那麼簡單。因爲，博士幾乎已經蒐全了江夏在虎隊的，也就是一九七五年以前的球卡。之後發行的新版都寫上他跳槽的事，而且穿上南海隊或廣島隊制服的江夏根本派不上用場。

我和根號先去買了棒球卡雜誌（書店竟然有這種雜誌，也是一大新發現），查到有哪些種類的球卡、大概價值多少錢、該去哪裡買等資訊，也順便瞭解球卡的歷史、身為收藏家應有的態度，以及保管時的注意事項等相關知識。一到週末，就根據刊登在雜誌最後的球卡店一覽表，走遍附近的店，卻一無所獲。

每一家卡片店都在老舊的商業大樓裡，和高利貸、徵信社或是算命店擠在一起。只要一走進電梯，就讓人心情沉重，但一踏進球卡店，根號就彷彿走進了樂園，那是相當於無數個博士餅乾盒的世界。

好不容易安撫了東張西望的根號，我們拚命找江夏豐。江夏的卡片很豐富，每家店都使用和博士餅乾盒相同的分類方法。他的專屬區域被安排在長嶋和王貞治的旁邊，分別根據不同球隊、不同時期、不同球位等加以分類。

我們在江夏專區前擺開陣勢，我從前面開始，根號從後面開始一張一張找。或許下一張就是我們不曾看過的球卡、下一張一定會出現夢幻的江夏。內心充滿這種期待一張一張找，需要相當的體力，就像在沒有指南針的情況下，在烈日當頭的森林中探索。但我們沒有輕言放棄，反而逐漸掌握訣竅及技巧，檢查的速度也加快了。

先用食指和大拇指拉出一張，如果和餅乾盒中的球卡相同，就立刻放回去；如果是不曾出現在餅乾盒中的卡片，就要仔細確認是否符合各項必要條件。一張又一張，一張又一張，幾乎都在一眨眼的工夫判斷結束。

所有的卡片不是博士已經有了，就是穿著陌生的制服，也仔細說明了他跳槽的經過。我們瞭解到，博士蒐集的那些江夏剛出道不久的黑白球卡的價格很昂貴，也很珍貴。想要尋找一張足以和它們匹配的卡片，並不是容易的事。不久，我和根號的手指在中間相遇，知道希望又再度落空，不禁嘆了一口氣。

即使我們找了半天，最後什麼也沒有買，店家也不會擺臉色給我們看。只要我們說在找江夏豐，店家就會爽快拿出店裡所有的球卡；看到我們沒找到想要的球卡，還會激勵我們。最後造訪的那家店在知道我們想要找的卡片後，還向我們提供建議。

那位老闆建議我們去找看看某家糖果廠商在一九八五年推出的巧克力附贈球卡。那家廠商在各種零食中附贈球卡，一九八五年剛好是該公司成立五十週年，於是製作了超級卡做爲紀念。而且，那一年虎隊獲得冠軍，阪神球隊的球員卡特別多。

「什麼是超級卡？」根號問道。

「就是有球員親筆簽名的，或是立體加工，還有把球員用過的球棒削成小片壓進球卡的。江夏在一九八五年已經退休了，好像出了翻印版的手套球卡。我有進過一次貨，但很快就賣出去了，因爲大家都很喜歡。」

「什麼是手套球卡？」根號又問道。

「就是把球套切成小片後，把這些切成小片的皮革壓進球卡裡。」

「江夏用過的手套嗎？」

「當然。那是經過日本運動卡協會認證的球卡，這種地方假不了。但數量很少，很難找到，但不能灰心。在世界的某個角落，一定會有的。我這裡一進貨就打電話給你。我也很喜歡江夏豐。」

老闆拿起虎隊球帽的帽簷，撫摸著根號的頭，和博士的動作如出一轍。

九月十一日快到了。雖然我提議改送別的禮物，根號卻不同意，還是執意要送棒球卡。

「半途放棄的話，永遠找不到正確答案。」

這就是根號的意見。

當然，最主要的目的是希望能讓博士高興。但我覺得他自己也對蒐集球卡一事樂在其中。他覺得自己就像是冒險家一樣，正踏上周遊列國的旅途，尋找隱身在世界上某個角落的那一張球卡。

博士在飯廳時常常盯著月曆瞧。有時候會走近牆壁，摸著我在九月十一日上畫的那個圈。胸口的紙條還在，他用自己的方式努力記住爲根號慶生的日子，數學月刊頭獎的事可能早就忘得一乾二淨。

餅乾盒的事到最後都沒有露餡。那時，我的目光一直無法離開論文的封面，目不轉睛看著「謹獻給永遠的至愛N」這幾個字。那是博士的筆跡，絕對錯不了。博士的永遠不同於一般人，就像數學定理永遠正確一樣，那是一種永恆。

最後，還是根號在一旁催促我趕快放回去。

「媽媽，趕快再把尺伸進去，讓我放回去。」

根號從我手上搶過論文，放回餅乾盒底。雖然匆忙，卻不粗暴，似乎告誡自己絕不能玷污這個多年深藏的祕密。

我們將每一張球卡都放回盒子，完全沒有任何破綻。球卡放得整整齊齊，餅乾盒掉在地上時也沒有造成凹陷，排列的順序也沒有錯，但總覺得有點異樣。知道獻給N的證明被藏在地底下後，餅乾盒已經不只是單純的球卡收藏而已，而成爲埋葬了博士記憶的棺材。我將棺材放回書架深處。

雖然原本就沒有抱著太大的希望，但球卡店的老闆果然沒打電話來。根號寄了明信片給雜誌的讀者欄，也問了同學和同學的哥哥，以自己的方式努力。考慮到萬一眞找不到想要的球卡，擔心臨時找不到合適的禮物，我只好偷偷準備了備用的禮物。我猶豫很久，不知道該買什麼禮物。4B鉛筆、筆記本、夾子、便條紙、襯衫……博士需要的東西實在很有限，再加上不能找根號商量，更讓我傷透腦筋。

對了，送鞋子。博士需要鞋子。只要一想到，就能穿上沒有長黴的鞋子，隨時自由地走到任何地方。

我把禮物藏在壁櫥的角落，根號小時候，我常這麼做。如果找到球卡，我只要偷偷把這雙鞋放進鞋櫃就好了。

希望之光從出乎意料的方向射了進來。我去介紹所領薪水時，有一位管家想起她母親以前經營的雜貨店倉庫裡應該還收著當時零食附贈的棒球卡。由於所長也在旁邊，我完全沒提爲博士慶祝和根號生日派對的事，只說是小孩子吵著要。結果，這位管家就提到好像有類似的東西丟在倉庫裡，但她卻不能保證一定有。

最讓我興奮的是，聽說她母親在一九八五年時因爲年紀大的關係而不得不收掉雜貨店。一九八五年十一月，爲了準備老人會旅行的點心，進了很多零食，當然也包含了這種巧克力。她母親認爲老年人不需要這種東西，就把貼在巧克力包裝盒背面、裝在黑色塑膠袋裡的贈品一張一張拆了下來，好在有學校來訂春假戶外教學的點心時派上用場。她認爲小孩子絕對比老年人更喜歡這些贈品。雖然不知道她母親當時是否知道贈品是棒球卡，但那位管家的母親做出了正確的判斷。但後來並沒有接到學校的訂貨，因爲她母親在十二月時病倒了，結束了雜貨店，近百張棒球卡就在雜貨店的倉庫裡長眠。

從介紹所出來，我就直接去了她家，抱著用雙手抱也很沉重且已積滿灰塵的紙箱回了家。雖然我說要多少付一點錢，但她個性豪爽，斷然拒絕了。雖然我知道把這些卡片拿去球卡店能賣到比巧克力更高的價錢，卻沒有說出口，滿心感激地收下了這些球卡。

一回到家裡，我和根號立刻開始工作。我先用剪刀剪開封口，根號把球卡拿出來檢查。雖然只是簡單的工作，但我們配合得天衣無縫，完全不浪費時間，迅速進行。我們已經在短短的時間內學會了整理棒球卡的熟練技巧。根號只要憑手感，就能區別出不同的種類。

大下、平松、中西、衣笠、布馬、大石、掛布、張本、長池、堀內、有藤、巴斯、秋山、門田、稻尾、小林、福本……球員一一登場。就像老闆說的，有些是立體的，有些有球員的親筆簽名，還有些閃著金光。根號已經不再一一發出驚歎的聲音，或是懊惱地咋舌了，似乎覺得只要集中注意力就一定能達到目的。我們四周堆滿了黑色小塑膠袋，根號身旁的球卡越堆越高，終於無力地塌了下來。

每次手伸進紙箱，就飄出一陣霉味。可能是沾在球卡上的巧克力味道變質的關係。老實說，拆到一半，我已經不抱什麼希望了。不僅如此，我甚至搞不清自己爲什麼要做這些事，自己到底想要追求什麼。至少，我對此越來越模糊。

棒球球員實在太多了。一場比賽有九位球員上場，而且還分太平洋聯盟和中央聯盟，職棒的歷史已經超過五十年，有這麼多球員也是無可奈何的事。當然，我很清楚江夏是偉大的球員，但江夏以外的偉大球員，像是澤村、金田還有江川……也有他們的球迷，這些球迷也需要球卡。所以，即使眼前有這麼多球卡，如果找不到眞正想要的那一張，也不能生氣，也不需要心煩，只要根號能夠死心就行了。壁櫥裡還藏著禮物。雖然不是高級品，但比一張棒球卡的價格貴多了，而且款式簡單，穿起來也應該很舒服，博士一定會很高興……

「啊！」

正當我想著這些，根號輕輕叫了一聲，好像終於爲煩惱已久的難題想到了解決公式，也好像終於找到了輔助線，解決無從下手的圖形問題。他的聲音好成熟，聲調也太冷靜沉著。好一陣子，我甚至沒注意到根號手上那張卡就是我們期待已久的球卡。

根號沒有跳起來歡呼，也沒有緊緊擁抱我，只是盯著手上那張球卡，好像希望獨自好好看看江夏，所以我沒有叫他。那是一張壓有江夏手套碎片的限量超級棒球卡。剛好是慶祝派對前兩天的晚上。

10

派對很完美。是我有生以來印象最深刻的派對。雖然和在母子國宅的小房間中度過的一歲生日、只有母子共度的七五三，或是與外婆共度的聖誕節一樣，既不豪華，也不華麗，況且，我也不清楚這樣的活動適不適合稱爲派對，然而，正因爲有了博士，根號的十一歲生日才變得特別。這一天，也成爲我們和博士共度的最後一夜。

根號一下課回家，我們三個人就齊心協力爲慶祝會做準備。我準備料理，根號擦地並不時聽我的吩咐打雜，博士熨燙桌巾。

博士沒忘記這個約定。他一認出我是根號的母親、也是他的管家時，立刻指著月曆上的圓圈，說「今天是十一日」，並抓著胸口的紙條抖動著，似乎希望別人稱讚他記住了這件事。

一開始，我並不打算請他幫忙燙桌巾。他的手腳那麼不靈活，讓根號燙還安全些。原本我打算讓主角像平時一樣躺在安樂椅上休息，博士卻主張自己一定要幫忙。

「連小孩子都在幫忙，一個大男人怎麼可以躺著休息？」

雖然我預料他會抗議，卻沒想到他拿出熨斗和桌巾。博士知道熨斗放在整理櫃這件事就夠讓我驚訝了，當他從更裡面拿出桌巾時，我覺得他簡直像在變魔術。從我上工以來，還是第一次知道這個家有桌巾。

「鋪上乾淨的桌巾是準備派對的第一件事。你不認爲嗎？我很會燙衣服喔。」

桌巾皺成一團，不知道已經被遺忘了多久。

暑氣已經遠離，空氣乾燥而清新。主屋在院子裡灑下的陰影和樹叢的葉子顏色都已經不同於盛夏。天色還很明亮，第一顆星和月亮已經悄悄爬上天空，雲彩無時無刻地變化著身影。黑暗已經躲在樹根，但它的勢力還很弱，應該還有好一陣子才會迎接夜色的造訪，是我們最喜歡的傍晚時分。

博士在安樂椅旁搭起燙馬，立刻開始工作。他十分瞭解怎樣把電線拉出來、怎麼開開關、調節溫度。他把桌巾鋪開，並很有數學家作風地分成了十六等分，依次熨燙每一區塊。

先用噴霧器噴兩次水，手放在熨斗前面確認溫度不會太燙後，開始熨燙第一區塊。他用力握住把手，有節奏地滑動熨斗，動作輕柔，避免燙傷布料。他皺緊眉頭，張開鼻翼，瞪大眼睛檢查皺褶是否順利燙平。他的動作仔細而充滿堅定，也充滿了愛。熨斗靈巧地在桌巾上遊走，保持著以最小的動作獲得最大效果的角度和速度。博士所追求的完美證明再度呈現在這個陳舊的燙馬上。

我和根號都不得不承認沒有人比博士更勝任這份工作。而且，桌巾的蕾絲圖案似乎是爲博士量身打造的。

三個人各自做著自己的工作，可以立刻感受到彼此的氣息。親眼看到所有的工作逐一完成，令我們產生一種意想不到的喜悅。烤箱中散發出的烤肉香味、抹布滴下的水滴、熨斗冒出的蒸氣都融爲一體，將我們包圍。

「今天要在甲子園和養樂多隊比賽。」

根號的話最多。

「只要贏了這一場，就是冠軍了。」

「不知道能不能贏。」

我一邊嚐著湯的味道，探頭看著烤箱。

「應該可以。」

博士用很難得的堅定語氣說道。

「你們看那裡。當第一顆星的下方有一些缺損時，就是好的兆頭。代表今天一定會贏，一定會獲得冠軍。」

「原來不是用公式算出來的，只是亂猜而已。」

「已而猜亂是只。」

「把我的話倒過來說就想混過去嗎，好詐喔。」

無論根號再怎麼責怪，都不影響熨燙的節奏，博士已經向最後一個區塊挺進。根號鑽到飯桌底下，擦著平時打掃時忽略的椅子腳和飯桌底部。我在碗櫃前張望，尋找適合裝烤牛肉的餐盤。每次眼光掃到中庭，都覺得光線好刺眼。

最後的最後，當我們坐定準備舉行派對，發現了一個小小的差錯。真的只是小小的差錯而已。不需要驚慌，也不必在意，是個能隨時補救的小問題，並不是我們三個人中的某一個人的錯。如果有錯的話，也是商店街蛋糕店打工店員的錯——他忘記把蠟燭放進蛋糕盒。

由於不是一個容納得下十一根蠟燭的大蛋糕，所以我請他放一根大蠟燭和一根小蠟燭，但當我從冰箱拿出蛋糕，卻找不到蠟燭。

「生日蛋糕上沒有蠟燭，根號太可憐了。吹蠟燭的時候，才是接受大家祝福的時刻。」

博士比要吹蠟燭的根號更在意蠟燭的事，雖然氣氛有些慌忙，但這個時候，還沒有對派對造成任何影響。我們三個人都還沉浸在完成派對前置作業的充實感中，也準備好好品嚐料理和禮物的喜悅。

「我跑去蛋糕店跟他拿。」

我正要脫下圍裙，根號制止了我。

「我去吧。我跑得比較快。」

根號還沒說完，已經衝出玄關。

商店街並不遠，而且天色還很亮，不會有事的。我蓋上蛋糕盒，暫時放回冰箱。博士和我坐在飯桌旁等根號回來。

桌巾獲得了重生，已經看不到原先布滿整塊桌巾的皺褶，每一個蕾絲圖案都變得十分清晰，一張平淡無奇的飯桌搖身一變成爲高雅的餐桌。養樂多瓶裡插著從中庭摘來的不知名的野草，卻絲毫無損於它的增色功效。三人份的刀子、叉子和湯匙整齊排列，只要不介意這些刀叉的款式各不相同，看起來很有那麼一回事。

相較之下，料理就顯得太平常了：什錦明蝦、烤牛肉、洋芋泥、菠菜培根沙拉、奶油青豆湯、綜合水果汁，都是根號愛吃的菜，每一道菜都沒有加博士不愛吃的胡蘿蔔。既沒有特製的調味醬，也沒有精心裝飾，只是簡單質樸的料理。但每一道菜都發出香味。

我和博士四目相對，想不出該做些什麼來打發時間，只好展露了一個微笑。博士乾咳了一下，拉了拉西裝的領子，準備隨時迎接派對的開始。

飯桌的正中央，剛好是根號坐的位置的面前，騰出了一小塊空間，那是用來放蛋糕的位置。我們呆呆地凝視著那裡。

「怎麼那麼久？」

博士略帶遲疑地嘀咕著。

「不會久啊。」

我回答道。但博士看著時鐘談論時間的問題，卻讓我有點驚訝。

「十分鐘都沒到。」

「喔……」

我打開收音機，分散博士的注意力。虎隊對養樂多隊的實況轉播就要開始了。我們的視線再度落在蛋糕的位置。

「現在過幾分鐘了？」

「十二分鐘。」

「會不會太久了？」

「沒關係，不用擔心。」

自遇見博士以來，我們不知道重複過多少次相同的對話。沒關係，不用擔心。在理髮店，在診所的X光室前，在從球場回家的巴士中。有時候，我還一邊伸手撫摸他的背。我不知道這些話是否眞的安慰了博士。我總覺得，我所撫摸的，並不是博士的痛楚所在。

「他馬上就回來了。沒關係。」

然而，我只能說這些不著邊際的安慰話。

隨著天色漸暗，博士也越來越不安。每隔三十秒就看一次時鐘，不停拉著領子，連好幾張紙條扯了下來也沒發現。

收音機裡傳來歡呼的聲音。在第一局下半局，阪神隊靠著巴喬雷克的盜壘先得了一分。

「過幾分鐘了？」

博士問的間隔越來越短。

「一定發生什麼事了。再怎麼慢，也應該回來了。」

博士坐立難安，椅子咯吱作響。

「好吧，我去接他。沒關係，您不用擔心。」

我探出身子，按著他的肩膀安撫。

我在商店街的路口遇到了根號。博士擔心的沒錯，他的確遇到了問題，因爲他去的那家店已經過了營業時間。但根號靈機一動，去車站另一側找到一家蛋糕店，說明情況後，向店家要來了蠟燭。我們一起跑回博士的家。

一回到家，我和根號立刻發現飯桌和之前不太一樣。養樂多瓶子裡的花鮮豔依舊，收音機報告著虎隊暫時領先，即將用來裝菜的盤子也整齊地疊在一起，但那已經不是我們出門前的飯桌了。我們去找兩根蠟燭的時候，飯桌已經被破壞了。爲了慶祝而準備的蛋糕倒在剛才我和博士一直凝視的空間。

博士手捧著蛋糕的空盒子，站在那裡一動也不動。黑暗籠罩著他的背影。

「我想要先做好準備，等你們一回來就開動。」

博士好像在對空盒子說話般喃喃說道。

「對不起。我不知道怎樣才能表達我的歉意……無法挽回了，已經變成了這樣……」

我們立刻走近博士，竭盡最大的努力安慰他。根號接過博士手上的空盒子，隨意丟在一旁的椅子上，似乎在說裡面裝的反正也不是什麼了不起的東西。我將收音機的音量調小，打開飯廳的燈。

「哪有什麼無法挽回？太誇張了。沒事啦，不需要爲這種事沮喪。」

我動作俐落地收拾著。這種時候，既不能猶豫，也不能不知所措。不能讓博士有思考的餘地，要盡可能迅速地、不經意地恢復原狀。

可能是蛋糕滑了下來，一半已經擠成一團，另一半卻努力保持原來的形狀，只留下巧克力醬寫的「博士&根號恭……」。我將蛋糕切成三份，用刀子把鮮奶油塗好，擺上四處散落的草莓、兔子果凍和糖做的天使，總算有了點眉目。然後，把蠟燭插在根號盤子裡的蛋糕上。

「你看，還能插蠟燭。」

根號探頭看著博士的臉。

「照樣能吹蠟燭。」

「味道又不會變。」

「對，沒什麼大不了。」

我和根號輪流對博士說，不厭其煩地告訴他，不需要爲這麼微不足道的失誤背負如此沉重的罪惡感。然而，他一言不發，什麼都沒說。

我所擔心的並不是倒塌的蛋糕，而是桌巾。蛋糕的碎屑和鮮奶油的油脂黏在蕾絲的縫隙中，用抹布再怎麼擦也擦不乾淨。每用抹布擦一次，就會散發出甜膩的味道。在博士的手中獲得重生的蕾絲圖案，編織著解開宇宙之謎暗號的蕾絲圖案，全毀了。受到無可挽回的傷害的並不是蛋糕，而是桌巾。

我用裝烤牛肉的盤子蓋住弄髒的蕾絲，熱了湯，準備好火柴點蠟燭。收音機裡輕輕傳來第三局上半局，養樂多隊反敗爲勝的聲音。根號把已經繫上黃色緞帶、準備隨時親手送給博士的江夏棒球卡悄悄放進了口袋。

「你們看，和原來一樣。博士，請坐下吧。」

我拉著博士的手，他終於抬起了頭，看著一旁的根號，用嘶啞的聲音問道：「你幾歲了？」

然後，摸著根號的頭，說：「你叫什麼名字？哇，裡面應該裝了一個聰明的腦袋。就像包容所有數字、並給這些數字一個明確身分的根號一樣。」

11

一九九三年六月二十四日的報紙上，刊登了英國出生的普林斯頓大學教授安德魯·維魯茲完成費瑪最後定理的證明的報導。維魯茲穿著休閒毛衣、一頭髮線已經後退的鬈髮照片，和穿著十七世紀古典長袍的皮埃爾·德·費瑪的肖像並排刊登在報紙上，這兩個不協調得有點滑稽的身影說明了最後定理所耗費的漫長歲月。報導上對這項偉業大加讚賞，說解開這個數學的古典之謎代表了人類智慧的勝利，也在數學領域跨出新的一步。同時，報導還提到日本數學家谷山豐和志村五郎的靈感，「谷山·志村猜想」是維魯茲證明的核心內容。

看完這篇報導，我就像平日思念博士時那樣，從票夾中拿出一張紙條。那是博士寫下的歐拉公式。

$$e^{\pi i}+1=0$$

它永遠都在這裡。一如往常，靜靜躺在我隨時伸手可及的地方。

阪神虎隊並沒有在一九九二年的球季獲得冠軍。在最後連續兩場對養樂多隊的比賽中，如果連贏兩場，還有獲得冠軍的可能，但十月十日，以2比5輸了，只得到亞軍。和贏得冠軍的養樂多隊的勝差只有2．0。

雖然根號懊惱地哭了，但隨著年齡的增長，他逐漸領悟到能夠爭奪冠軍就是一種幸福。一九九三年後，虎隊陷入了自球團創立以來不知第幾次的長期低潮，即使邁入二十一世紀後，仍然無法擺脫二流球隊的命運。第六名、第六名、第五名、第六名、第六名、第六名、第六名……球隊教練已經換了好幾個人，新庄去了美國大聯盟，村山實也死了。

現在回想起來，一九九二年的那一天，九月十一日對養樂多隊的那場比賽可能成爲一切的分水嶺。只要贏了那場比賽就能得到冠軍，也就不會陷入長期低迷。

派對結束，一切都收拾好後，離開博士的家，一回到家裡，我們立刻打開收音機。比數是3比3，已經打到最後一局。不久，根號睡著了，夜很深了，比賽仍未結束，我一直守在收音機旁。

九局下半局，已經有兩人出局，一人上了一壘，八木向左外野打了一支再見全壘打。裁判轉動手臂，電子螢光幕上也亮起了2×，但球碰到橡皮圍欄又彈了回來，被改成二壘安打。虎隊提出抗議，比賽中斷了三十七分鐘。當再度以二人出局，二壘、三壘各有球員上壘的局勢重新開始比賽時，已經是十點半了。最後，虎隊無法利用球員上壘的機會在比賽結束前得分，在一種詭異的氣氛下開始打延長賽。

我豎起耳朵聽著比賽實況，腦海裡卻浮現出剛才道了晚安後分手的博士身影。我將歐拉公式放在手心，注視著那一行。

我將房間的門半開著，以便能聽到根號均勻的呼吸。我看到他將博士送他的棒球手套鄭重其事地放在枕頭旁。那不是兒童玩具棒球手套，而是用皮革製成的，由軟式少年棒球協會認證的正式棒球手套。

根號吹熄蠟燭，三個人拍完手，飯廳的燈光再度亮起，博士看到了掉在地上的紙條。想到當時的混亂場面，這一刻無論對博士或是根號而言都是幸運的一刻，因為紙條上寫著根號的禮物放在哪裡。於是，博士慢慢瞭解眼前的情況，根號也收到了棒球手套的禮物。

當時，我立刻發現博士並不習慣送人禮物。博士拿出禮物，好像要對方收下這樣的禮物是一件痛苦的事。當根號高興地親吻他的臉頰，緊緊地擁抱他，他仍然一副坐立難安的樣子。

根號一直不肯脫下手套。如果我沒有提醒他，吃飯時，他可能會一直把手套戴在左手，不時以右手拳頭去確認手套的觸感。

後來才知道，是寡婦去運動用品店買了那個棒球手套。因爲博士想要一個接得住任何球的漂亮手套。

我和根號表現得很自然。即使博士曾經有不到十分鐘的時間根本忘記我們是誰，也不需要慌張。我們讓派對按原計畫舉行。對於博士的記憶，我們已經累積了足夠的訓練。我們相互約束，不能因爲不經意的態度傷害博士，也花了很多心思隨機應變。所以，我們只要按照一如往常的方法，一定可以修復事態。

然而，那天晚上，一種不可忽視的不安一直陰沉沉地橫在我們三個人中央，剛好在弄髒的桌巾附近。根號收到棒球手套後，稍不留神，就會瞥向視野角落的這個地方，然後若無其事地慌忙移開視線。就好像再怎麼重新塗上鮮奶油，蛋糕也不能恢復原狀一樣。越告訴自己不需要在意，內心的不安卻越來越膨脹。

但並不能因此毀了派對。博士提出了最完美的證明，這種小事絲毫不影響我們對他的尊敬；即使在發生那個小問題後，根號對博士的愛仍然是至高無上的。我們毫無顧忌地開懷大吃，開懷大笑，談論著質數和江夏和虎隊的冠軍。

博士滿心喜悅地慶祝十歲的少年變成了十一歲的日子。只不過是普通的生日，他卻如此鄭重其事。博士的表現不禁令我回想起根號出生的那一天是多麼彌足珍貴。

我小心翼翼撫摸歐拉公式，生怕擦掉4B鉛筆的筆跡。用指尖感受著雙腳俏皮地向上捲起的π，上方的點出奇用力的i，接縫處乾脆俐落的0。在延長賽，虎隊仍然沒有把握最後的機會。第十二局、第十三局、第十四局，隨著比賽沒完沒了進行，想到其實在第九局時明明已經贏了，一下子覺得更累了。無論再怎麼打，都沒辦法再打進1分。窗外掛著滿月，一天快要結束了。

雖然博士不擅長送禮物，但在收禮物時卻表現出絕佳的才華。我們這輩子都不會忘記根號把江夏的棒球卡送給博士時，他臉上的表情。他表達的感謝遠遠超過我們為尋找這張球卡所付出的不足掛齒的辛苦。在他的內心，總是覺得自己那麼微不足道……就像他拜倒在數字之前一樣，他低下頭，閉上雙眼，雙手合掌跪在我和根號面前。我覺得，我們所得到的遠遠超過了付出。

博士拆開緞帶，目不轉睛看著球卡。他抬起頭來，想要說什麼，但嘴唇抖了半天，什麼都沒說出口，然後，把球卡緊緊抱在胸前，彷彿球卡就是根號，就是質數，又愛又憐緊緊抱在胸前。

虎隊沒有贏。延長賽打到了十五局，3比3打平手。比賽總共打了六小時二十六分鐘。

派對後的第三天，星期天，博士被送進了專門醫院。寡婦打電話來告訴我。

「怎麼這麼突然？」我說道。

「以前我就在準備了，但一直在等醫院的空床位。」寡婦回答道。

「是不是因爲我沒有遵守你上一次的提醒，又拖延了工作時間？」我問道。

「不。」

她的語氣很平靜。

「我不想再爲這件事責怪你。我很清楚，那天晚上，應該是叔子和唯一的朋友一起共度的最後一晚。我想，你應該也注意到了吧？」

我無言以對，沉默地不發一語。

「八十分鐘的錄影帶壞了。叔子的記憶已經無法再向一九七五年之後前進一步了。」

「我可以去醫院照顧他。」

「不需要。醫院有人照顧他。而且……」

她停頓了一下，又繼續說道：「有我在。叔子一輩子都不會記得你，卻一輩子忘不了我。」

醫院在海邊，從市中心搭巴士要四十分鐘左右。沿著海岸的縣道駛入岔路後，在位於小山丘最高處的舊機場後方。從會客室的窗戶看得到已經出現裂痕的飛行跑道，屋頂上長滿雜草的庫房，遠處細細長長的大海。天氣晴朗的日子，海浪和水平線都籠罩在閃亮的陽光中，變成一道光帶。

我和根號每一、兩個月就去看博士。星期天的早晨，帶著裝有三明治的籃子去搭巴士。在會客室聊一陣子後，在露台一起吃午餐。天氣暖和時，博士和根號會在前院的草地上玩棒球，然後再一起喝茶、聊天，在一點五十分的巴士到達之前告辭。

有時候，寡婦也會一起參加。大部分時候，她都去買東西避開，但偶爾會加入我們的談笑，也會請我們吃點心，很謙卑地扮演著唯一能夠和博士分享記憶的人的角色。

我們的拜訪一直持續了很多年，直到博士離開人世。根號上國中、高中後，都一直打棒球，擔任二壘手，直到進入大學後，膝蓋受了傷。在此期間，我一直是曙光的管家。即使在根號個頭比我高出二十公分、長了滿嘴鬍子後，在博士眼裡，根號仍然是他所深愛、也必須保護的孩子。即使博士伸直手臂，也已經摸不到虎隊的球帽了，於是，根號就會半蹲下來，伸長脖子，讓博士盡情把他的頭髮摸得亂糟糟。

博士依然穿著西裝。但淹沒西裝的那些紙條漸漸派不上用場，一張一張掉落了。曾幾何時，曾經重寫過好幾次的紙條「我的記憶容量只有80分鐘」也消聲匿跡，只有夾子還留著。畫著我的肖像和根號符號的紙條漸漸變了色，風乾了，變成了粉末，完成了它的歷史使命。

但博士掛在脖子上的棒球卡成爲他的新標誌。就是我們送他的那張江夏特別球卡。寡婦在封套的角落打了一個小小的洞，穿上繩子，讓博士隨身攜帶。第一次看到時，我還以爲是進出醫院的ＩＤ卡。但因此可以證明博士就是博士，這一點來看，棒球卡就是ＩＤ卡。在背光的走廊上，這張掛在胸前的球卡讓我們一眼認出走向會客室的人正是博士。

根號也隨身攜帶博士送他的手套。雖然他和博士玩棒球時很不搭調，但他們卻樂在其中。根號把球丟到博士最容易接的位置；不管博士丟過來的球有多糟，他都能接到。我和寡婦並排坐在草地上，爲他們的好球鼓掌。棒球手套尺寸已經不合他的手，他卻說二壘手用小一號的手套能立刻把球丟出去，所以一直使用這個手套。即使手套褪了色，邊緣磨損，品牌標誌掉落了，也絲毫沒有落魄的感覺。用指尖觸摸手套，就能感受到根號左手的形狀。曾經接過無數顆球的皮革光澤散發出一種威嚴。

最後一次去看博士，是根號滿二十二歲的秋天。

「你知道嗎？除了2以外，所有的質數分成兩大類。」

博士坐在椅子上曬太陽，手握著4B鉛筆。會客室內沒有其他人，走廊上不時走動的人也感覺十分遙遠，只有博士的聲音字字句句傳入耳中。

「假設n是正整數，那麼，質數要麼是$4n+1$，要麼是$4n-1$。」

「無窮的質數都可以歸類成這兩大類嗎？」

我不禁欽佩不已。4B鉛筆寫出的算式永遠都那麼質樸，卻代表了如此深遠的意義。

「比方說，13的話……」

「就是$4\times 3+1$。」根號答道。

「完全正確。那19呢？」

「$4\times 5-1$。」

「太正確了。」

博士幸福地點著頭。

「再告訴你一點。前者的質數都可以表成兩個整數的平方和，但後者卻不能。」

「$13 = 2^2 + 3^2$。」

「如果可以像根號那麼率直，質數定理的美麗就會綻放更多光芒。」

博士的幸福和計算的難度不成正比。無論再怎麼簡單的計算，分享計算的正確就成爲我們的快樂。

「根號通過了中學老師的錄用考試。明年春天後，他就是數學老師了。」

我自豪地向博士報告。博士探出身體，想要擁抱根號，但舉起的手臂很虛弱，不停顫抖。根號接過他的手，上前抱住博士的肩膀。江夏的球卡在博士的胸前搖來搖去。

昏暗的背景中，觀眾和記分板都籠罩在黑暗中，光線都集中在江夏一個人身上。那是剛投完球、放低左手的那一瞬間。右腳用力踏在泥土上，帽簷下的眼睛直視著飛向捕手手套的球。投手踏板揚起的塵土訴說著球的威力。這是投出生涯最快速度一球時的江夏。穿越直條紋制服的肩膀，可以看到他的球員號碼。完全數，28。

（全書完）

小川洋子
YOKO OGAWA
作品集
03

國家圖書館出版品預行編目資料

博士熱愛的算式／小川洋子 著；王蘊潔譯. —
四版. — 台北市；麥田出版 ：
家庭傳媒城邦分公司發行, 2021.10
面 ； 公分. — (小川洋子作品集；03)
譯自：博士の愛した数式
ISBN 978-626-310-077-0
861.57 110011778

作　　者　小川洋子 Yoko Ogawa
原著書名　博士の愛した数式

原出版者　新潮社
翻　　譯　王蘊潔
責任編輯　陳嫺若（初版）、陳瀅如（三版）、徐凡（四版）
總 編 輯　巫維珍
編輯總監　劉麗真
總 經 理　陳逸瑛
發 行 人　凃玉雲
出　　版　麥田出版
地址：10483台北市中山區民生東路二段141號5樓
電話：(02)2500-7696　傳真：(02)2500-1967
部落格：http://ryefield.pixnet.net
發　　行　英屬蓋曼群島商家庭傳媒股份有限公司城邦分公司
10483台北市民生東路二段141號11樓
書虫客服服務專線：(02)2500-7718・(02)2500-7719
24小時傳真服務：(02)2500-1990・(02)2500-1991
服務時間：週一至週五09:30-12:00・13:30-17:00
郵撥帳號：19863813　戶名：書虫股份有限公司
讀者服務信箱E-mail：service@readingclub.com.tw
歡迎光臨城邦讀書花園 網址：www.cite.com.tw
香港發行所　城邦（香港）出版集團有限公司
香港灣仔駱克道193號東超商業中心1樓
電話：+852- 2508-6231　傳真：+852- 2578-9337
馬新發行所　城邦（馬新）出版集團【Cite(M) Sdn. Bhd.】
41-3, Jalan Radin Anum, Bandar Baru Sri Petaling, 57000 Kuala Lumpur, Malaysia.
電話：+603-9056-3833　傳真：+603-9057-6622
電郵：services@cite.my

封面設計　鄭婷之
排　　版　綠貝殼資訊有限公司
印　　刷　前進彩藝有限公司

初　　版　2004年7月
四版四刷　2023年12月
售價NT$299

HAKASE NO AISHITA SUSHIKI by Yoko Ogawa

ISBN 978-626-310-077-0

城邦讀書花園
www.cite.com.tw
Printed in Taiwan.

Rye Field Publications
A division of Cité Publishing Ltd.

廣告回函
北區郵政管理局登記證
台北廣字第000791號
免貼郵票

英屬蓋曼群島商
家庭傳媒股份有限公司城邦分公司
104 台北市民生東路二段141號5樓

▼

請沿虛線折下裝訂，謝謝！

文學・歷史・人文・軍事・生活

Rye Field Publications

書號：RO7003X書名：博士熱愛的算式

讀者回函卡

cite城邦媒體

※為提供訂購、行銷、客戶管理或其他合於營業登記項目或章程所定業務需要之目的，家庭傳媒集團（即英屬蓋曼群島商家庭傳媒股份有限公司城邦分公司、城邦文化事業股份有限公司、書虫股份有限公司、墨刻出版股份有限公司、城邦原創股份有限公司），於本集團之營運期間及地區內，將以e-mail、傳真、電話、簡訊、郵寄或其他公告方式利用您提供之資料（資料類別：C001、C002、C003、C011等）。利用對象除本集團外，亦可能包括相關服務的協力機構。如您有依個資法第三條或其他需服務之處，得致電本公司客服中心電話請求協助。相關資料如為非必填項目，不提供亦不影響您的權益。

□ 請勾選：本人已詳閱上述注意事項，並同意麥田出版使用所填資料於限定用途。

姓名：________________ 聯絡電話：________________

聯絡地址：□□□□□________________

電子信箱：________________

身分證字號：________________（此即您的讀者編號）

生日：____年____月____日　性別：□男　□女　□其他________

職業：□軍警　□公教　□學生　□傳播業　□製造業　□金融業　□資訊業　□銷售業

□其他________________

教育程度：□碩士及以上　□大學　□專科　□高中　□國中及以下

購買方式：□書店　□郵購　□其他________________

喜歡閱讀的種類：（可複選）

□文學　□商業　□軍事　□歷史　□旅遊　□藝術　□科學　□推理　□傳記　□生活、勵志

□教育、心理　□其他________________

您從何處得知本書的消息？（可複選）

□書店　□報章雜誌　□網路　□廣播　□電視　□書訊　□親友　□其他________

本書優點：（可複選）

□內容符合期待　□文筆流暢　□具實用性　□版面、圖片、字體安排適當

□其他________________

本書缺點：（可複選）

□內容不符合期待　□文筆欠佳　□內容保守　□版面、圖片、字體安排不易閱讀　□價格偏高

□其他________________

您對我們的建議：________________

____